知念実希人

猛毒のプリズン
天久鷹央の事件カルテ

実業之日本社

実業之日本社文庫

目次

猛毒のプリズン

Entrapped in the Poisoned Prison

天久鷹央の事件カルテ

プロローグ

完璧だ。

その人物は心の中でつぶやく。

これは完璧な殺人計画だ。誰にも解くことのできない完全犯罪。

いや、解くことができないどころではない。誰もこれが犯罪であることにすら、気づけないだろう。それほど完璧な計画を私は構築したのだ。

その人物の胸が、温かい満足感で満たされていく。

ただ、少し残念な点があるとしたら、この完璧な犯罪が誰にも知られることなく行われ、そして誰にも知られることなく完遂されることだ。

全身全霊を、命をかけて生み出した計画。それはまるで我が子のように愛《いと》おしかった。それが日の目を見ることもなく消えていく。そこに一抹の悔しさを感じる。

だが、仕方ないだろう。いかに美しく、そして芸術的な計画といえども、これは人の命を奪うものなのだ。大切な家族の命を……。

だから受け入れよう。誰からの称賛も受けることなく、この愛すべき計画が闇の中に葬られていくことを。

ただ、もしもこの計画が何者かと対峙《たいじ》するならば、相手はそれに値する強敵でなければならない。

そう、この世の全てを見通す、千里眼を持つような名探偵でなければ……。

そこまで考えたところで、頭の中に一人の女性の姿が浮かんだ。

小柄で華奢《きゃしゃ》で、年齢よりも幼く見える顔に、不機嫌そうな表情を浮かべた女性。

彼女ならこの愛おしい計画に、この完璧なトリックに挑むに相応《ふさわ》しい。

果たしてその時が来るのだろうか。もしそうなったとしたら……。

自分が生み出した決して解けない完全犯罪と、全ての謎を解き明かす超人的な頭脳を持った女性。

その矛盾した戦いが生じたら、どちらに勝利の女神が微笑《ほほえ》むのだろうか？

想像するだけで心臓が強く脈打ち体温が上がっていくのを感じた。

その人物はゆっくりと瞳の上に瞼《まぶた》を落とす。

視界が闇に満たされる中、未来に起きるかもしれない一戦を想像しながら、その人物はまどろみのなか揺蕩《たゆた》い続けた。

第一章　機械仕掛けの容疑者

1

「せっかくの連休なのに、こんな山奥に来ることになるなんて……」

愛車であるＣＸ－８のハンドルを握りながら、僕、小鳥遊優《たかなしゆう》はこの数時間、数えきれないほど繰り返した愚痴をこぼす。

フロントグラスの向こう側には、鬱蒼《うっそう》とした森が広がり、舗装が不十分な道路がその中を貫いていた。さっきまで雨が降っていたので、スリップしないよう注意を払って運転しなくてはならないため、神経が磨《す》り減る。

九月後半のシルバーウィーク。週末と敬老の日、秋分の日、二つの祝日がうまく重なってできた四連休の初日、僕は長野県の山奥を車で進んでいた。

「うっさいな。ここまで来たんだから、もう文句言うなよ」

僕が所属している天医会《てんいかい》総合病院統括診断部の部長で、助手席でカレー味のポテトチップスをポリポリと貪っていた年下の上司である天久鷹央《あめくたかお》が声を上げる。

「愚痴ぐらい許してください。貴重な四連休が潰れるんですよ。嫌になるのもしょうがないじゃないですか」

「そんなこと言ってるけれど、お前、今回はそんなに嫌がってなかったじゃ……」

そこで言葉を切った鷹央はすっと目を細める。

「……マジで珍しくあんまり嫌がらなかったな。いつもはギャーギャーと文句を言うから、ボーナス査定で脅して無理やり連れて来させるのに」

「だから査定で脅すのやめてくださいってば。完全にパワハラですよ。そのうち、真鶴《まづる》さんに言いつけますよ」

僕が早口で言うと、後部座席でくつろいでいた、鴻ノ池舞《こうのいけまい》が身を乗り出してくる。

「あれですよね。嫌よ嫌よも好きのうち、というやつ。どうせ四日間ダラダラ過ごすぐらいなら、私たちみたいな可愛《かわい》い女の子と旅行に出かける方がずっと楽しいって気づいたんですよね」

「なるほど。朴念仁《ぼくねんじん》の小鳥《ことり》も、ようやく私のレディーとしての魅力に気づいたというわけか」

鷹央はわざわざ助手席をリクライニングさせて、満足げに反り返る。

「さすがにそれはないです」

僕が反射的に突っ込むと、鷹央は「ああ？」と低く押し殺した声を出す。

「さすがにってどういう意味だ？　さすがにって？」

「いえ、それは……。言葉の綾《あや》というか、心の声が漏れたというか……」

失言に気づいた僕は、しどろもどろに言い訳になっていない釈明を口にする。しかし視界の隅に映る鷹央の眼差《まなざ》しは、穏やかになるどころか、どんどんと鋭さを増していった。

「まあまあ、鷹央先生。そんなに怒らないで。あれですよ。小鳥先生、甲斐性《かいしょう》なしですから、私たちのこと魅力的だと思っていても口には出せないんですよ。全く素直じゃないんだから」

鴻ノ池のフォローのおかげで鷹央は「あー、なるほど。そういうこともあるのか」と、とりあえず怒りを収めてくれる。

うまく取り繕ってくれてありがとう。完全に的外れだけどな……。

僕が胸の中で感謝していると、鴻ノ池がいやらしく目を細めた。

「でも、一番の理由はあれですよね？　超絶美人だっていう噂《うわさ》の鷹央先生のお友達に会えるから、ですよね……」

「な、なに言ってるんだよ。僕はただ田舎の綺麗《きれい》な空気を吸うのも悪くないかと思っただけで……」

上ずった声で言うと、鴻ノ池は耳元に口を寄せてくる。吐息が耳朶《じだ》にかかり、妖しい震えが背中をつたった。

「そういうことにしておいてあげます。でも浮気はダメですよ。小鳥先生には鷹央先生っていう大切なパートナーがいるんですから。鷹央先生の友達に手を出したりしたら、とんでもない修羅場になりますから、覚悟しといてくださいね」

耳のいい鷹央にも聞こえないほどの小さな声で囁《ささや》いた鴻ノ池は、「警告はしましたからね」と釘《くぎ》を刺して、運転席と助手席の間から出していた顔を引っ込める。

頰を引きつらせた僕の脳裏に、三日前の出来事が浮かび上がってくる。

平日の勤務が終わると鷹央が思い出したかのように、「おい！　小鳥、今度の連休にちょっと長野県まで車を出してくれ」と言い出した。

もはや、僕の都合を聞いてきさえしなくなっていることにうんざりしながら、「今度はなんなんですか？」と訊《たず》ねると、鷹央はこめかみを掻《か》いた。

「大学時代の同級生に呼ばれたんだ。ちょっと困ったことがあったから、どうしても助けて欲しいってな。まあ知らない仲じゃないし、なんか切羽詰まっている様子だから行ってやろうと思って」

「それで僕を、タクシーの運転手代わりに使おうってわけですか？」

「なにを言っているんだ。お前をタクシーの運転手なんかだと思ってはいないぞ」

鷹央は真剣な表情になる。

「ハイヤーの運転手兼、ボディガード兼、雑用係だと思っている」

「ほとんど召使いじゃないですか」

「ん？　召使いじゃないんだっけ？」

「僕は部下です！」

半泣きになりながら反論すると、電子カルテに診療記録を打ち込んでいた鴻ノ池がすすっと近づいて、耳打ちしてきた。

「小鳥先生、いい方法がありますよ。先生の彼氏になっちゃいましょう。そうすれば召使いなんて言われなくなりますよ」

いや、そうかな……？　万が一そんなことになったら、尻に敷かれていまよりひどいことになりそうな気がするんだけど……。

「はいはい。分かった分かった」

僕に聞き流された鴻ノ池は少し不満げに頰を膨らますと、鷹央に向き直った。

「それで、鷹央先生のお友達ってどんな人なんですか？」

「どんな……」

鷹央は唇に手を当てて少し考え込んだ。

「そうだな。なんかめっちゃ美人で、医学生時代も研修医の時も、すごい男にモテてたぞ。身長も高いし、なんとなく姉ちゃんに似た雰囲気のやつだな。頭の回転も速く成績もかなり優秀だが、ちょっと性格に癖があって、そこが玉に瑕《きず》だな。あとは……」

鷹央がそこまで言ったとき、僕はほとんど無意識に、「分かりました。週末お付き合いしますよ」と口走っていたのだった。

真鶴さんに似た女性か……。

脳裏にファッション・モデルのような細身の長身で、パンツスタイルのスーツを凛々《りり》しく着こなし、整った顔にとろけるような笑みを浮かべている女性、鷹央の姉である天久真鶴の姿が浮かび上がる。

一年以上前、大学医局からの派遣で天医会総合病院に赴任した際、事務長である真鶴に一目惚《ぼ》れしてしまった。彼女は既婚者であったので、もちろん口説いたりなどはしていないが、それでもいまだに真鶴に会うと心臓の鼓動が速くなってしまう。そんな彼女に似た女性に会える。その期待感は、貴重な連休を潰すという負の感情を打ち消すのに十分だった。

どんな人なんだろうな？　鷹央先生の同級生ということは、僕より二歳年下か。どうしてこんな山奥に住んでいるのかは分からないが、もしお近づきになれたりしたら、食事にでも誘って……。

幸せな妄想を、「なあ、まだつかないのか？　暇だよ。暇」という声が邪魔をする。

「何時間、山の中を走っているんだよ。スマホの電波も届かないし、景色も全然変わらないから、やることなくてつまんない」

ポテトチップスを食い尽くして、手持ち無沙汰になったのか、鷹央は両足をバタバタと上下させ始める。

「埃《ほこり》が立つからやめてくださいよ。小学生じゃあるまいし」

僕があきれ声でたしなめたとき、カーナビから『まもなく目的地周辺です』という声が響いてくる。

車道に覆いかぶさるように枝を伸ばし、葉を茂らしていた木々が途切れ、視界が大きく開けた。目の前に野球場のグラウンドほどの敷地が広がり、背の高い柵の向こう側に白亜の洋館が姿を現した。

「わー、すごい豪邸！　こんなところで医局旅行できるなんて最高じゃないですか！」

再び後部座席から身を乗り出した鴻ノ池が、はしゃいだ声を上げる。

「舞、何度言ったら分かるんだ。私たちは遊びに来ているんじゃない。これは断固として医局旅行などではないぞ」

鷹央が珍しく厳しい声で鴻ノ池を叱りつける。鴻ノ池は「……ごめんなさい」と首をすくめた。

「医局旅行はちゃんと病院から予算を分捕って、もっと豪華で楽しめるところに行くんだからな」

「やった！　楽しみです。私、沖縄行きたい」

一転して上機嫌になった鴻ノ池が手を合わせる。

「沖縄かあ。ちょっと遠くないか？　私、温泉とかで日本酒飲みたいんだけど」

年寄りじみたことを言い出す鷹央に、鴻ノ池は顔を寄せた。

「でも、夜の海と満天の星を見ながら泡盛で乾杯とかどうですか？　楽しそうじゃないですか」

「なるほど。泡盛か……」

まんざらでもない様子で鷹央は考え込む。

鴻ノ池のやつ、自分がマリンスポーツやりたいだけだろ。

どうせ、僕に選択権はないので、二人のどうでもいい会話を聞きながら、無言で門扉のそばにある駐車場に車を停車させた。

十数台を置けるスペースのある駐車場には、すでに数台の車が止まっている。その大部分がアウディやベンツのような外国車だ。

「さすが高原地帯。空気が美味《おい》しい」

車から降りた鴻ノ池が、両手を大きく広げて深呼吸を繰り返す。鷹央も長時間のドライブで体が固まったのか、小さな体を思いっきり反らした。

「うわ、わわああ……？」

「ああ、鷹央先生、気をつけて」

体を反らしすぎた鷹央がそのままバランスを崩して後ろに倒れそうになり、慌てて鴻ノ池が支える。

まったく、なにをやっているんだか……。

あきれつつ、長時間の運転で疲れ果てた僕は、大きく深呼吸をする。さっきまで雨が降っていたせいか、濃い土の香りが鼻腔《びくう》を満たしていった。東京では決して嗅がない香りに、人里離れ大自然の中にやって来たことを実感する。

たまにはこういうのもいいかもな。そんなことを考えながら、門の向こう側に見える洋館を観察する。二階建てだが遠目にも凝った建築であることがわかり、かなり豪《ごう》奢《しゃ》な造りをしていた。

洋館の前にはよく手入れされた庭園が広がっている。様々な植物が植えられ、美しい花や青々とした葉を生やしていた。

洋館の観音開きの扉が開き、タキシード姿のスラリとした長身の男性が姿を現した。男性は優雅な足取りで、庭園の中心を穏やかにカーブしながら走っている遊歩道を通ってこちらに近づいてくる。

「失礼いたします。天久鷹央先生とお連れの方でございますね」

門扉を開いた男性が慇懃《いんぎん》に訊ねてくる。

「ああ、天久鷹央先生だ」

鷹央は鷹揚《おうよう》に頷《うなず》いた。

「遠いところお越しいただき恐縮です。私、九頭龍《くずりゅう》家の執事を務めております。長谷《はせ》……」

男性がそこまで言ったところで、鴻ノ池が「執事！」と声を張り上げ、自己紹介を遮る。

「私、本物の執事って初めて見ました！　かっこいい。やっぱりタキシードなんですね。わあ、執事って日本にいるんだ。イギリスにしかいないと思ってた。実は私、執事喫茶とか大好きなんですよ。時々友達と行ったりするんです。特にマッチョが執事服で出迎えてくれる筋肉執事喫茶が池袋《いけぶくろ》にあって、そこがお気に入りで……」

長時間、後部座席でおとなしくしていた反動か、鴻ノ池はわけの分からないことをまくし立てる。

「それで、お名前はなんて言うんですか？　やっぱりセバスチャンとかアルフレッドとか？」

「……いえ、私、日本人ですので長谷川《はせがわ》と申します」

男性は戸惑った様子で名乗ると、気を取り直すように小さく咳払《せきばら》いをした。

「奥様が皆様をお待ちです。ご案内いたしますので、どうぞこちらへ」

慇懃な態度を取り戻した長谷川に先導され、僕たちは門扉を通り遊歩道を進んでいく。

「よく整備された庭園だな。この季節に咲く花が綺麗に揃《そろ》えられている」

「ええ、ご主人様は花がお好きですので、定期的に庭師を呼んで整備をしてもらっています」

「ほう。九頭龍零心朗《れいしろう》にそんな趣味があったのか。意外だな。コンピューターのこと以外には全く興味がないと思っていた」

九頭龍零心朗？　鷹央先生は学生時代の友人に呼ばれてここに来たんじゃなかったっけ？　どうしてこの屋敷の主人のことも知っているのだろう？

首をひねる僕を尻目に、鷹央は言葉を続ける。

「ただよく見ると、植えてあるのは観賞用の花だけじゃないな。あのあたりに、食用の植物も植えてある。野菜のほかに、山菜もけっこうあるな」

「そちらに関しましては、私が管理している畑になります。せっかくこのような大自然の中ですので、常に旬の作物なども皆様に召し上がっていただけるよう心がけております」

長谷川が少しだけ得意げに答えているうちに、屋敷の正面玄関にやってきた。長谷川は観音開きの扉を開くと胸に手を当て「どうぞ、お上がりください」と恭しく頭を下げる。

鷹央を先頭に僕たち三人は屋敷の中に入る。大理石が敷き詰められた玄関は、二階まで吹き抜けになっていて開放感があった。正面にはホール状になった空間が広がっており、玄関のすぐ脇には二階へと続く絨毯《じゅうたん》が敷き詰められた大きな階段があった。

「一階にはリビングやダイニング、我々使用人の部屋などがあります。皆様に本日お泊まりいただく客間は二階にございます」

長谷川がそう説明したとき、足音が聞こえてくる。見ると若い女性が早足に階段を降りてきた。僕は思わず、その女性に目を奪われてしまう。

ワンピースに包まれた、一七〇センチを超えるであろうスラリとした長身。エキゾチックな雰囲気を醸し出す切れ長の瞳と高い鼻筋。その整った顔には満面の笑みが浮かんでいた。

確かに真鶴と雰囲気がよく似ている。彼女こそが鷹央をここに呼んだ友人に違いない。

「……小鳥先生、よだれ垂れてますよ」

鴻ノ池に耳打ちされ、僕は慌てて口元をぬぐう。

「冗談ですって。まったく、鼻の下伸ばしてだらしないんだから」

階段を降りて小走りに玄関へとやってきた女性は迷うことなく鷹央を抱きしめた。

「久しぶり、鷹央。来てくれてありがとう。会いたかった」

女性は幸せそうに微笑《ほほえ》みながら、鷹央のわずかにウェーブした柔らかそうな髪をなでる。

「ああ、久しぶりだな、燐火《りんか》。元気そうで何よりだ」

鷹央はほとんど抵抗することなく、どこか面倒くさそうに言った。その姿は、その気がないのに人間にかまわれて不機嫌になっているネコを彷彿《ほうふつ》させた。

「元気なのは久しぶりにあなたに会えたから。九頭龍先生のこと聞いたでしょ」

未《いま》だに鷹央を抱きしめたままの女性の顔に、暗い影がさす。

「……ああ、聞いたよ。九頭龍零心朗があんなことになるなんて」

「そう、本当に残念……。でもあなたが来てくれたおかげで、久しぶりに晴れやかな気持ちかも……」

「なぜ私を呼んだんだ？　そして、どうして理由を聞いても何も答えなかった？」

「呼んだ理由はこれから説明する。前もって伝えなかったのは、それをしなくてもあなたが来てくれることを確認したかったから」

ようやく体を離した女性は、鷹央の大きな瞳をのぞき込む。二人は至近距離で見つめ合った。

完全に二人の世界が出来上がっている。僕が声をかけるタイミングを逸していると、鷹央が「近い」と女性の顔を平手で無造作に押し返した。

「相変わらずいけずなんだから。それとも照れ隠しだったりする？」

女性がからかうように言う。鷹央は頭痛をおぼえたかのように額に手を当てた。

「ああ、思い出したよ。お前って、こういう奴《やつ》だったよな。もしかして本当は用がないのに私を呼び出したのか？　だったら帰るぞ。こんな山奥にいるより、どこか近場のいい旅館でも見つけて、温泉に入りながら酒を飲んでる方がいい」

「あら、残念。あなたが来るから、せっかく用意しておいたのに。飲みきれないくらいの超高級ワインを」

「超高級ワイン？」

鷹央の声が甲高くなる。

「ええ、そう。でも無理に引き止めることはできないわね。ペトリュス、ソルデラ、ウニコ……ワインは私がいただくことに……」

「なにを言っているんだ！　私とお前の仲だろ。せっかく呼んでくれたのに、すぐに帰ったりするわけがないじゃないか！」

鷹央は女性の手を力強く握った。

「なんかずっと二人で仲良く喋《しゃべ》っていますけど、鷹央先生とあの綺麗な人、どんな関係なんでしょうね……単なる同級生って感じじゃないような」

隣にいる鴻ノ池がつぶやくと、女性は「それじゃあ家を案内するわね」と鷹央の手を取って階段を上っていこうとする。

「燐火様」

長谷川が慌てて声をかける。燐火は不思議そうに、「どうしたの？」とこちらに姿勢を向けた。

「失礼ですが、お客様は天久先生だけではございません」

長谷川の言葉にようやく僕たちに気づいたのか、女性は「あっ……」と声を上げる。

「ああ、ごめんなさい。久しぶりに鷹央に会えて興奮しすぎちゃった。初めまして。九頭龍燐火です」

女性は優雅な仕草で、僕たちに向かって一礼した。

「私の大学時代の同級生だ。初期臨床研修も一緒にやった腐れ縁ってやつだな」

鷹央は、面倒くさそうに彼女を紹介したあと、僕と鴻ノ池を指さす。

「こっちは小鳥と舞。私が部長をしている統括診断部のメンバーだ」

だからあだ名で紹介するのはやめてくれないかな……。僕が胸の中で愚痴をこぼしていると、九頭龍燐火と名乗った女性がゆっくりと目の前にやってくる。

「あなたが小鳥先生ね。鷹央から話は聞いてる。二人で色々と事件を解決したりしているのよね」

あまり他人と話すことを好まない鷹央からそこまで話を聞いているということは、本当に親しい仲なのだろう。学生時代からの親友といったところか。

「それだけじゃありません。小鳥先生は鷹央先生の大切なパートナーなんですよ。公私ともにもう一心同体と言っても過言じゃないくらいの」

また鴻ノ池が余計なことを口走る。僕と鷹央先生とくっつけようとするの、そろそろあきらめてくれないかな……。

辟易《へきえき》しつつ、僕が「小鳥遊優です」と頭を下げると、燐火は「どうかよろしく」とすっと手を差し出してきた。

「こちらこそよろしくお願いします」

白く柔らかい手を慌てて握った瞬間、鋭い痛みが手の甲に走り、僕は「いっ⁉」と小さな声を上げる。

見ると燐火がとがった爪を僕の手の甲に立てていた。

「ふーん。あなたがいまの鷹央のパートナーっていうわけね。なるほどなるほど……」

燐火の顔にはいまも笑みが浮かんでいる。しかし、僕の顔をまっすぐ見つめる瞳は全く笑っていないどころか、危険な光を湛《たた》えていた。明らかな敵意の光。

何か彼女の機嫌を損ねるようなことをしてしまったのだろうか……？

僕が戸惑っていると、鷹央が「その辺にしておけよ」と声をかけてくる。燐火は小さく鼻を鳴らすと、ようやく僕の手を離してくれた。

目の前にいる美しい女性に、なぜか初対面から悪い印象を与えてしまったようだ。いったいなにがよくなかったのだろう……。僕が暗澹《あんたん》たる気持ちになっていると、長谷川が燐火に声をかけた。

「僭越《せんえつ》ですが奥様、そろそろ本題に入った方がよろしいのではないでしょうか」

「奥様⁉」

僕と鴻ノ池の声が重なる。

「はい。燐火様は九頭龍家の当主である九頭龍零心朗様の奥様でございます」

長谷川の説明を聞いた瞬間、僕は天を仰ぐ。見目麗しき美女とお近づきになれるかもしれないという淡い期待を胸に秘めて、こんな田舎までやってきたというのに、相手は既婚者だった。これじゃあ道化じゃないか。やっぱり運転手なんて断って、東京で連休をまったり楽しめばよかった……。

後悔に苛《さいな》まれて頭を抱えていると、鷹央が「お前、どうしたんだ？　人生に絶望したような顔して」と不思議そうに訊ねてくる。

「燐火さんが既婚者だって、なんで教えてくれなかったんですか！」

僕が小声で囁くと、鷹央は「聞かれなかったからに決まっているだろ」と小首を傾《かし》げる。

至極もっともな回答に唇をへの字にしている僕の前で鷹央はあごをしゃくった。

「燐火は初期臨床研修の途中で、九頭龍零心朗と結婚したんだ」

「九頭龍零心朗ってどなたですか？」

鴻ノ池が訊ねる。

「私の出身である帝都大学で客員教授として授業を行っていた男だ。コンピューター工学が専門で、その分野では誰もが知る天才だ。本職は大学教員ではなく、自分が会長を務める会社で、研究・開発を行っていた」

「あっ！　もしかして九頭龍零心朗さんって、九頭龍ラボラトリーズの会長じゃ……」

鴻ノ池が驚きの声を上げて口を手で押さえる。

鷹央は「そうだ」と大きく頷いた。

九頭龍ラボラトリーズという会社は僕も聞きおぼえがあった。主に医療機器を開発、販売している大手の会社だ。なるほど、あの規模の会社の会長だとすれば、これだけの豪邸に住んでいるのも納得だ。

「しかし、まさかお前がいきなり九頭龍零心朗と結婚するとは思ってもみなかったよ」

肩をすくめる鷹央に燐火は思わせぶりな視線を投げかける。

「学生時代からずっと九頭龍先生のことは尊敬していたからね。先生はまさに天才だった。常人には思いもつかないようなアイデアを次々と思いついて、そしてそれを実現していった。私にとって九頭龍先生はアイドルのような存在だったのよ。だから一生、先生のそばにいたいと思ったの」

夫について語る燐火の口調はどこか白々しく、僕には本心からの言葉には聞こえなかった。

「私も九頭龍零心朗には一目置いていた。あの男はプログラミングの天才だ。私のハッキング技術もあの男から学んだところが大きい」

鷹央が珍しく他人のことを手放しで天才と褒めるのを聞いて、僕は九頭龍零心朗という人物の実力を垣間見《かいまみ》た気がした。

そもそもいつもの鷹央なら、どんなに相手の知性を褒めたとしても、「まあ、私の足元にも及ばないんだがな」などと付け加えそうなものだ。

きっと鷹央も人間的に成長しているのだろう。妻の前でわざわざ夫に対するマウントを取ることは控えるべきだと判断できるまでの社会性を、彼女は身につけたのだ。

もしかしたら僕の考えすぎかもしれないが、なんだか無性に嬉《うれ》しかった。

僕が口元をほころばせていると、鷹央は顔の横で左手の人差し指を立てた。

「まあ、天才という点においては、私の足元にも及ばないんだがな」

……考えすぎだった。感動を返してくれ。

「とはいえ、いきなり三十歳以上年上の人と結婚するっていうのは確かに勇気がいったわね。けど、あのとき私、色々あって、ちょっと自暴自棄になっていたから、その私を支えてくれた九頭龍先生にすごく惹《ひ》かれて思い切って結婚しちゃったの」

燐火は思わせぶりな口調で言う。

「なにがあったんですか？」

初対面でも相手との距離を詰めるのが得意、というより、多少他人との距離感がバグっている鴻ノ池がスキャンダルの匂いを嗅ぎつけたのか、前のめりになって訊ねた。

「ちょっと恋人と別れちゃってね。大好きだった人なのに手ひどく振られちゃったの……ね？」

燐火はなぜか当てつけるような口調で言いながら鷹央に視線を送った。鷹央は苦虫を嚙みつぶしたような表情でかぶりを振った。

「お前が過剰にベタベタしてきたからだろ。私が一人で本を読みたいって言っても隣に座って話しかけてくるし。なんか、私を自分の所有物みたいに扱いはじめるし」

「え！　え？　え……⁉」

鷹央の口にした言葉の意味が理解できず、僕の口からしゃっくりのような音が漏れる。見るとそばにいる鴻ノ池も硬直していた。

そんな僕たちの反応を満足げに眺めると、燐火は顔のそばで横にしたピースサインを作った。

「あらためまして、鷹央の元カノの九頭龍燐火、旧姓、佐々木《ささき》燐火です」

脳細胞がショートしたかのように思考がまとまらず、あんぐりと口を開いたまま固まった僕の脳裏に古い記憶が蘇《よみがえ》ってくる。

『私はこれまでの人生で付き合ったことなんかないんだからな。……男とは』

呪いの動画を見た少女たちが自殺未遂としか思えない行動を取った『閃光《せんこう》の中へ』事件。その際、交際している男をふった女性だけが呪いにかかるという噂に対して、鷹央が口にしたセリフを思い出す。

あのときは聞き流していたが、こういうことだったのか。しかし、まさか鷹央に交際相手がいたなんて……。

未だに固まっている僕になぜか燐火が勝ち誇ったような視線を投げかけてきた。

「小鳥先生、いまの鷹央のパートナーはあなたかもしれないけれど、私の方がずっと鷹央と深く結びついていたの。それを忘れないでね」

もしかしてこの人、さっきの鴻ノ池の余計な発言のせいで、何か大きな勘違いをしているんじゃや？

誤解を解こうと僕が口を開きかけたとき、鷹央が苛立《いらだ》たしげに大きくかぶりを振った。

「そんな昔のことはどうでもいいんだ。それより早く本題に入れ！　本当に帰るぞ」

強い口調で言ったあと、鷹央は「もしそうなったら、ワインをお土産にもらえたりするか？」と上目遣いに燐火を見た。

「ああ、ごめん、ごめん。帰ったりしないで。ちゃんと本題に入るから」

燐火は気を取り直すように小さく咳払いをし、声を潜めた。

「九頭龍先生になにがあったのか知っているわよね」

「……ああ、知っている」

鷹央は重々しく頷いた。

「半年ほど前に交通事故で重傷を負ったんだろう。そしていまは昏睡《こんすい》状態、だそうだな」

初めて聞く情報に、僕と鴻ノ池は息を呑《の》む。

「よく知っているわね。九頭龍先生の容態はトップシークレットなのに」

「あいつから習ったハッキングの技術は半端じゃないってことさ」

鷹央は目を細めると、燐火は弱々しく微笑んで口を開いた。

「ただ、昏睡状態が続いているっていうのは正確じゃない。もう意識が戻ることはない。九頭龍先生は……完全に植物状態になっているの」

「……そうか。残念だ。あれだけの才能が事故で失われるなんて」

「それよ。まさにそのために私はあなたを呼んだの」

「それって、どれだ？」

不思議そうに鷹央が目をしばたたくと、燐火は声を潜めて言った。

「あれは事故じゃない。誰かが九頭龍先生を殺そうとしたの……」

そこで言葉を切った燐火は、鷹央の目をまっすぐに見つめた。

「だから鷹央、あなたがその犯人を突き止めて」

2

扉を開いて部屋に入る。人工呼吸器の規則正しいポンプ音が空気を揺らしていた。

消毒液の匂いと、ほんのわずかな排泄物《はいせつぶつ》の悪臭が鼻先をかすめる。

玄関で「誰かが九頭龍先生を殺そうとしたのよ」という燐火の衝撃的な発言を聞いてからすぐに、僕たちは二階に案内され、この屋敷の主人である九頭龍零心朗の部屋にやってきた。

「元々は旦那様が書斎として使っていた部屋です」

長谷川が僕たちを招き入れながら寂しそうに説明する。

ゆうに二十畳はある広い部屋。右手の壁一面には天井まで届きそうなほどの本棚が設置され、そこには電子工学、コンピューター、医療工学など、様々な分野の専門書が所狭しと詰め込まれている。

しかし本棚以外に、この部屋がかつて書斎として使われていた名残は見当たらなかった。

左手の壁に沿って様々な薬品や医療機器が詰め込まれた棚が並んでおり、部屋の奥の窓際には医療用のベッドが鎮座していた。

鷹央を先頭に僕たちはベッドに近づいていく。そこに横たわっている男性の姿を見て、僕は唇をかんだ。

枯れ木。それが男性を見たときに最初に僕の頭に浮かんだ言葉だった。年齢はまだ六十代前半のはずだが、八十歳を超えた老人にしか見えなかった。患者衣から覗《のぞ》く首筋や前腕は細く筋張っていて、力を込めればポキリと折れてしまいそうなほど弱々しい。

喉仏の下の位置で気管が切り開かれ、そこに人工呼吸用の太い気管内チューブが差し込まれていた。人工呼吸器のポンプからそのチューブに流れ込む空気により、男性の薄い胸はゆっくりと上下していた。

男の姿を見て、僕はすぐに彼の状況を把握する。

中枢神経の障害により、食事はもちろん自発呼吸すらできない状態なのだ。人工呼吸器により呼吸をサポートし、そして皮膚と胃に穴を開けて体外につなぐ処置である胃瘻《いろう》造設を行い、体外から胃に栄養を流し込むことで生命活動を維持している。よく見るとベッド柵には、尿をためるプラスチックがぶら下がっていた。膀胱《ぼうこう》に留置されたカテーテルから、その容器内に尿が自然と排泄されるようになっているのだろう。

ベッドのすぐそばにある床頭台《しょうとうだい》には、零心朗と燐火が並んで写っている写真が飾ってあった。事故の少し前に撮ったのだろうか。その写真の中でも、零心朗はどこか腫れぼったい目をして表情にもしまりがなく、一見すると親子、いや祖父と孫娘の写真のようだった。

「……老けたな。九頭龍零心朗」

鷹央が哀しげな眼差しをベッドの男性に向けた。

僕は零心朗から視線を外し、部屋の観察を続ける。

ベッドの脇にメイド服を着た女性が佇《たたず》んでいた。年齢はおそらく二十代半ばと言ったところだろう。少女の雰囲気を残す可愛らしい顔をしているが、どこか幸薄げな空気をまとっている。

執事だけじゃなく専属メイドまでいるのか……。なんかすごい世界だな。

「九頭龍先生の調子はどう？　変わりはない？」

燐火がメイドに話しかけた。

「はい。本日も穏やかに過ごしておられます」

僕たちに顔を向けたメイドは、スカートの裾をつまんで軽く上げると「メイドの辻《つじ》堂桃乃《どうももの》です」と優雅に会釈をした。

「一年ほど前から零心朗様の身の回りのお世話をさせていただいております。介護士の資格も持っております」

なるほど。介護の専門知識も持った専属メイドとなれば、体力が衰えた老齢の富豪にとっては貴重な人材だろう。

納得した僕はさらに視線を動かして、桃乃のすぐそばにある物体、この部屋で最も興味を引く存在を見つめる。

それはロボットだった。円柱型の胴体にドーム状の頭部がついた全高一二〇センチほどのロボット。その胸部には液晶モニターがついており、そこに心電図や血圧、脈拍、酸素飽和度などの様々なデータが表示されていた。ロボットの胴体部には二本のアームのような物が取り付けられている。

「なんだ？　この『スター・ウォーズ』に出てくるR2－D2みたいなロボットは？」

興味が引かれたのか鷹央はロボットに歩み寄ると、その頭部に顔を近づける。次の瞬間ロボットの頭部についている半透明のドームにデフォルトされた大きな瞳と口が浮かび上がった。

「うわっ！」と小さな悲鳴をあげて後ずさる鷹央に向かってロボットが声を上げた。

『初めまして。私は医療支援ロボット、プロトタイプＡＩ０１３、通称キュアアイです。どうぞよろしくお願いします』

ドームに映った顔がにっこりと微笑んだ。

「相変わらず鷹央っていいリアクションするわよね」

燐火がくすくすと笑い声を漏らす。

「……なんなんだよ、こいつは」

少し腰を引きながら、鷹央はロボットを指さした。

「いま、自己紹介してくれたじゃない。九頭龍ラボラトリーズが開発を進めている次世代型の医療サポートロボットよ」

「へー！　すごい！　かっこいい！　この胸のモニターで患者さんのバイタルデータをチェックできるんですか？」

興味津々と言った様子で、鴻ノ池がロボットについている液晶画面を覗き込む。

「それだけじゃないのよ。もしバイタルに異常があれば注意をしてくれるし、指示を出せばそのアームを使って患者さんの移動や褥瘡《じょくそう》予防の体位変換のサポートまでしてくれる。それにね、最新のＡＩがついているから、患者さんが暇なときに話し相手になってくれるのよ。アイコンタクトもしてくれるし、専用のアタッチメントをつければ脳波を測定して、悪夢を見ているときに起こすことまでしてくれるの」

「至れり尽くせりですね。こんなの医療現場にあったら、めちゃくちゃ便利じゃないですか」

「実用化にはまだまだ時間がかかるけれど、いつかは世界中の病院に配備されて患者さんを助けるはずだった……。そう、九頭龍先生がこんな風にならなければ、絶対にそうなるはずだった……」

得意げな笑みが浮かんでいた燐火の顔が歪《ゆが》み、痛みに耐えるような表情になる。

「私たちが学生の頃、授業中にもよく言っていたな。医療現場で使える完璧な機器を作りたいって。つまりこのロボットを作り上げることこそが、九頭龍零心朗の夢だったということか……。しかし、植物状態に陥り二度と昏睡から目を覚まさなくなったいま、このロボットを九頭龍零心朗自身の手で実用化することはなくなった」

鷹央の言葉に燐火は硬い表情で、「ええ、その通りよ」と頷いた。

「それで……」

鷹央は燐火に視線を向ける。「誰かが九頭龍零心朗を殺そうとしたかもしれないっていうのは、どういう意味だ？　交通事故でこうなったんだよな。車になにか細工でもされていたのか？」

「いいえ、警察が徹底的に調べてくれたけれど、車には何の異常も見つからなかった。警察が出した結論は、先生が運転ミスをして自損事故を起こしたというものだった」

「じゃあ、どうして事故じゃなくて、事件かもしれないって思うんですか？」

鴻ノ池が首を傾けた。

「それは旦那様が以前から体調不良を訴えていたからです」

燐火の代わりに長谷川が答えた。鷹央の目がすっと細くなる。

「体調不良というのは具体的にはどういうものだ？　私の記憶が正しければ、九頭龍零心朗はもともと心臓に疾患を抱えていたはずだ」

「ええ、その通りです。旦那様は若いときに研究に没頭なさって、心身に無理をかけすぎたせいで、心臓に障害が出て、軽度の慢性心不全を患っていらっしゃいました。さらに一年ほど前から体力が衰えたのか、疲れが抜けず、体に力が入らないともおっしゃっておられました。そのため去年のはじめ六十歳になられたのを機に、もともとご家族の別荘として使っていたこの屋敷に住みはじめたのです。都会より空気がよく、夏も涼しくて体に負担にならないのでと」

「燐火は妻としてそれについてきたというわけだな。ただ、環境をかえたくらいで全身状態がよくなるわけじゃないだろ」

「はい。旦那様は心不全のほかにも、高血圧や高脂血症、あと前立腺肥大による頻尿もありましたから、そのあたりの薬を内服していらっしゃいました。奥様が医師として旦那様の薬の調整をなさっていました」

「薬の調整といっても、心不全の薬とかは専門的で手を出せないからずっと前からかかっていた大学病院で出ている薬を、主治医と連絡をとって指示通り処方しているだけよ」

燐火が小さく肩をすくめると、鷹央は口元に手を当てた。

「つまり、以前からかなり体がボロボロな状態だったわけだな。体調が悪かったのはそのせいじゃないのか？　まあ詳しいデータを見ないと何とも言えないが」

「そうね、それじゃあ見てちょうだい。キュアアイ、よろしく。まずは、事故前の血液データから」

燐火が声をかけると『承知いたしました』という人工音声が響くと同時に、ロボットの胸の液晶画面が切り替わり、そこに詳細な血液検査のデータが現れた。

「うわっ！　すごいな。こんなことができるのか」鷹央がはしゃいだ声を上げる。

「これ、いつ発売するんだよ？　うちの病院にも一台欲しい。小鳥より診療に役に立つかもしれない」

「ひどい！　いつも頑張っているのに……」

僕が抗議をすると、鷹央は「まあ、安心しろ。お前を厄介払いなんかしないよ」と手をひらひらと振る。

「ボディガードとしては優秀だもんな。大丈夫だ。召使いとして不要になっても護衛としてちゃんと雇ってやるから」

「僕は召使いでもボディガードでもありません！　部下です！」

半泣きになって抗議する僕を無視すると、鷹央は燐火に「ところで、オプションで戦闘能力とかつけられないか？」と訊ねはじめた。

……この人、本気で僕を厄介払いしようとしてないか？

僕が肩を落としていると、鴻ノ池が慰めるように背中を撫《な》でてくる。

「そんな、落ち込まないでくださいよ。あれですよ。照れ隠しってやつです」

そうかな？　ガチで本気としか思えないんだけど……。

「まあ、冗談は置いといて、検査データをチェックするとするか」

鷹央はロボットのモニターを覗き込む。

「これより一つ前のデータを出せるか？　なるほど。一般的な血算と生化学だけじゃなく、自己抗体の検査などはしているか？　おう、そうだそうだ。画像データはどんなものがある？」

鷹央がロボットに語りかけ、次々と液晶画面にデータを表示させていく。

「なんか完全に使いこなしてますね」

「あの人、明らかに人間よりコンピューターとかの方が相性いいからな」

鴻ノ池と僕がそんな会話を交わしていると、鷹央は「そうか」とつぶやいたあと、ロボットのデフォルトされた笑顔が浮かんでいる頭部に語りかける。

「事故後の画像データはあるか？」

『はい、ございます』

人工音声の返事と同時に、液晶画面にみぞおち辺りのＭＲＩ画像が表示される。それを見て僕は口を固く結んだ。胸椎が完全に破断していた。猛スピードで電柱に激突したということなので、おそらく押しつぶされた車体の前部とシートに挟まれたのだろう。心臓が破裂して即死しなかったのが不幸中の幸いだ。

「……ひどい状態だな」

低い声でつぶやいた鷹央は、「スライスを頭部へと移動させろ」とロボットに命令を下す。鷹央の指示通り、胸部からじわじわと頭側へ、体の断面を写したMRIのスライス画像が次々と映し出されていく。

あごの辺りの高さのスライスでは、脳幹部の一部に白くモヤがかかっていた。

「脳幹部にもわずかに出血が見られるな。頭部も強く打ったんだろう。凄《すさ》まじい衝撃だったんだろうな。大脳の状態が見たい。これより上はどうなっている？」

鷹央が指示を出すが、画面に映っている画像は変わらなかった。

「おい、大脳のスライスが見たいんだって。早く見せてくれ。おいってば」

鷹央はロボットの頭部を平手でパシパシとはたく。

「あっ、あ、あ……。精密機械ですので乱暴な扱いはお控えください。壊れたら大変です」

長谷川が慌てて声を上げる。

「こんなちょっと叩《たた》いただけで壊れるかもしれないのか？　耐久性では小鳥の足元に及ばないな。小鳥なら私がドロップキックをしてもびくともしないぞ」

鷹央からあまり嬉しくない理由で評価されているうちに、ロボットの胸についた液晶画面がようやく切り替わった。

「おお、ようやく出たか。待たせやがって」

ロボットの前でしゃがみ込んだ鷹央の肩越しに僕は画面を見つめる。思わず喉から

「うっ」と声が漏れてしまった。

大脳の全体が白く発光していた。ほぼ全域が強い障害を受けている。これは直接的な衝撃によるものではないだろう。おそらく……。

「……低酸素脳症だな」

鷹央が低い声で、僕が想像したのと同じ病名を口にする。

常に大量のブドウ糖と酸素を使い膨大な情報を処理し続けている脳は、酸欠に最も脆弱《ぜいじゃく》な臓器だ。血流による酸素の供給がなくなると、ほんの数秒で意識を維持できなくなり、そして三分後には不可逆的な障害を受けはじめる。

「ええ、そう……」

燐火が小さくあごを引く。

「事故を起こした車から救急隊に助け出されたとき、九頭龍先生は心肺停止状態だった。救急隊員が心臓マッサージして近くの総合病院に搬送して、そこの救急部で蘇生《そせい》処置を受けて心拍は再開したけれど、すでに脳は……致命的なダメージを受けていた」

「そうか……」

鷹央は大きく息を吐く。

「ここまで大脳が広範囲に障害を受けていると、まず意識が戻ることはない。脳死状態にならなかったのが奇跡のようなものだ」

　鷹央は眉間に深いしわを寄せると寂しそうに天井を仰いだ。

「九頭龍零心朗のあの天才的な才能は、もう永遠に失われたということか……」

　超人的な頭脳を持ち、それゆえに社会で孤立することが多かった鷹央にとって、自分と同じような天才であった九頭龍零心朗にシンパシーを感じていたのかもしれない。部屋に沈黙が降りる。人工呼吸器のポンプの作動音だけが空気を揺らしていた。

　数十秒黙り込んだあと、鷹央は気を取り直すように口を開いた。

「救急部に運ばれたあと、毒物検査などは行ったのか？」

「ええ、徹底的にやってもらった。専門機関に依頼をして、ありとあらゆる検査をしてもらった。けれど何一つ特別な毒物は検出されなかった」

「車にも体にも特に細工されていた形跡はないということか……。ドライブレコーダーは？」

　鷹央が燐火に訊ねる。

「事故の寸前に、運転がおかしくなって、そのまま道端の電柱に突っ込んでいくのが記録されていた。けど、一つだけ妙なことがあったの」

「妙なこと？　それはなんだ？」

　興味をひかれたのか、鷹央は軽く前傾する。

「運転操作が乱れる寸前の九頭龍先生のつぶやきがドライブレコーダーに残っていた。九頭龍先生はこう言っていたの。『黄色い……』って」

「黄色い？　どういう意味だ」

鷹央は訝《いぶか》しげに眉を顰《ひそ》める。燐火は「私にも分からない」と首を横に振った。

「まあ、脳貧血の時に視界が白くなったり、暗くなったりするのはよくあるからな。もしかしたら、それに近いことが起きたのかもな。事故前に生じていたという、体に力が入らないという症状も脳の虚血で生じることがある」

鷹央は口元に手を当てる。

「『黄色い』という言葉だけでは、何者かが意図的に事故を起こしたという根拠にはならない。どうしてお前は九頭龍零心朗が殺害されかけたと思っているんだ？」

訝しげに鷹央が訊ねると、燐火は警戒するように周囲を見回したあと、押し殺した声でつぶやく。

「実は、九頭龍先生はこの一年くらいずっと、『命が狙われている』と言い続けていたのよ。今回の事故は九頭龍先生が予想していたものなの」

部屋の空気がざわりと揺れた。

「あの……誰に命を狙われていると思っていたんですか？」

僕がおずおずと疑問を口にすると、燐火から鋭い視線を投げかけられた。どうやら本格的に敵として認識されているようだ。

なんでなにも悪いことをしていないのに、こんな綺麗な女性に敵視されなくてはいけないんだろう？　悲しくなってうなだれる僕に長谷川が語りかけてくる。

「お子さまです。旦那様はお子さまに命を狙われているのではないかと疑っていました」

お子さま……？　僕は反射的に燐火を見る。彼女は少しだけ不快そうに眉をひそめた。

「私の子供じゃないわよ。前の奥さんの子供」

燐火の説明を聞いて僕はようやく理解する。つまり九頭龍零心朗にとって燐火は後妻ということか。

「旦那様は大学時代に前の奥様と結婚なさり、三人のお子さまに恵まれました。ただ、奥様は八年前に乳がんでお亡くなりになりました。とても美しくてお優しい方でしたのに……」

長谷川は悲しそうに目を伏せた。

「三人いる子供のうち、誰が自分の命を狙っていると九頭龍零心朗は考えていたんだ？」

鷹央の問いに燐火は「三人全員よ」と皮肉っぽく鼻を鳴らした。

「全員！　えっ？　お子さん全員に命を狙われていたって言うんですか？」

鴻ノ池が驚きの声をあげる。

長谷川は「ご主人様はそう考えていらっしゃいました」とあごを引いた。

「ご主人様は若い頃から研究に没頭されておりましたので、あまり家庭を顧みてはいらっしゃいませんでした。そのため、元々お子さんたちとは疎遠というか、あまり反りが合いませんでした」

「でも、反りが合わないからって、お子さんたちが自分を殺そうとしていると疑うなんて、ちょっと飛躍しすぎじゃないですか？」

「いいえ、それだけではないんです。現在お三方ともかなり経済的に苦しい状況に陥っておりまして……」

長谷川が言葉を濁すと、鷹央が「なるほどな」と唇の端を上げた。

「九頭龍ラボラトリーズの会長である父親が亡くなれば莫大《ばくだい》な遺産が転がり込んできて、経済的な困窮から逃れられるというわけか。しかし、あまりにも安易過ぎないか？　もし殺害が成功したとしても、犯行に気づかれれば、父親を殺した殺人犯として逮捕され長い刑務所暮らしだ。将来遺産が入ってくるのが分かっているのなら、どこからか金を借りることもできるだろう。あまりにもリスクとベネフィットが釣り合わない」

「それがそうでもないのよ」燐火が皮肉っぽく言う。「実はね。九頭龍先生、遺言を書き換える予定だったの」

「遺言を……？」鷹央の目つきが鋭くなる。「具体的にはどう書き換える予定だったんだ？」

「もともとは子供たちにも十分な遺産を残す予定だった。三人の子供、私、そして長年仕えてくれた長谷川さんの五人で五等分するはずだったの。でも、この医療支援ロボット『キュアアイ』の実用化が近づいてきたことで九頭龍先生の気持ちは変わった。万が一自分が死んでもこの『キュアアイプロジェクト』を実現するために、遺産の五分の四をプロジェクトの資金に、残りを私と長谷川さんで分割するという遺言に変えようとしていたの」

「つまり、遺言を書き換えられたら、お子さんたちは全く遺産をもらえなくなるってことですか？」

鴻ノ池がもともと大きい目をさらに見開く。燐火は肩をすくめた。

「まあ法律に定められている遺留分は受け取れるけど、それでも大きく目減りするのは間違いないわね。それを知ってから、三人は何回か思い直すよう説得しにこの屋敷に来たけど、九頭龍先生の意志は固かった」

「なるほどな。確かに殺人を犯すリスクを負うだけの価値があると考える者が、子供の中に出てきてもおかしくない」

いや、それだけじゃない。鷹央の言葉を聞きながら、僕は胸の中でつぶやく。遺言が書き換えられたら長谷川そして燐火も、子供たちほどではないが、受け取れる遺産が目減りする。当然、鷹央も気づいているはずだ。

それを口にしないのは元恋人への気遣いか、それとも相手に警戒させないためか……。

僕がそんなことを考えていると、鷹央は低いが形のいい鼻の頭を掻いた。

「その子供三人というのはどういう奴らなんだ。詳しく教えてくれ」

「夕食のときに自分たちで自己紹介させるわよ。本人たちがいた方が分かりやすいでしょう」

燐火の言葉に僕たちは目をしばたたく。

「本人たちにって、どういう意味ですか？」

鴻ノ池が尋ねると、長谷川が「お伝えするのが遅れて申し訳ありません」と深々と頭を下げた。

「お子様方三人も本日、こちらの屋敷にいらしています。ここで遺言書について弁護士が発表することになっているんです」

「……ここに容疑者を集めたというわけか。燐火、これはお前の計画か？」

鷹央の問いに燐火は微笑みながら首を横に振った。

「いいえ、私じゃなくて九頭龍先生のよ」

「九頭龍零心朗の？」

鷹央は眉をひそめながらベッドに視線を送り、人工呼吸器と経管栄養によって命をつなぎとめられている男性を見つめる。

「ええ、九頭龍先生はあなたと同じ天才だった。このような状況になる可能性は十分に予想していた。だから私たちに前もって伝えていたの。『もし自分が死ぬか、または意思決定ができない事態になったら、容疑者をこの屋敷に集めた上で、天久鷹央を呼んでくれ。彼女なら誰が私を殺したのかきっと暴いてくれるはずだ』ってね」

燐火の説明を聞いた鷹央はにやりと不敵な笑みを浮かべた。

「なるほど。天才から天才への最後の依頼っていうわけか。これはなかなか興味深いな……」

3

「うまい！　うん、うまい」

隣に座る鷹央が満足げに赤ワインを呷《あお》っていく。空になったグラスに「失礼します」と長谷川が追加のワインをなみなみと注いだ。

「いや、さすがは九頭龍ラボラトリーズの会長だけあって、とんでもなくうまいワインだな。ここに来た甲斐があったよ」

唇についたワインを舌で舐《な》めながら鷹央は満足げに言う。しかし、上機嫌な鷹央と裏腹に、屋敷の一階にあるダイニングには重い空気が漂っていた。

昏睡状態の九頭龍零心朗の様子を観察したあと、僕たちは長谷川に今夜宿泊する二階の客間へと案内された。

もともと九頭龍ラボラトリーズの幹部や技術者が泊まり込んで夜通し零心朗と打ち合わせをすることも多かったらしく、二階の奥にはかなりの数の客間があり、僕たちだけでなく零心朗の三人の子供や弁護士が泊まるだけの余裕があった。

鷹央と鴻ノ池は十畳以上はある客間に二人で泊まり、僕は六畳ほどの、シングルベッドとユニットバスのついたビジネスホテルのような狭い客室を一人で使うことになった。

そして午後七時過ぎ、僕たちはディナーの準備ができたと長谷川に呼ばれて、一階のダイニングへやってきたのだった。

長テーブルのこちら側には僕、鷹央、鴻ノ池、そしてスーツ姿のメガネをかけた中年男性が座っている。九頭龍家の顧問弁護士で法川《のりかわ》という男だった。

そしてテーブルを挟んだ向かい側には……。

硬い表情で黙々と食事をしている三人の男女に僕は視線を向ける。

三人の真ん中に座っているTシャツにジャケットを羽織った筋肉質な男性、彼が零心朗の長男である九頭龍壱樹《いつき》だ。さっき自己紹介をしたところでは、循環器内科の専門医で都内の総合病院で循環器科の部長を務めているらしい。

壱樹の右側に座っているワンピース姿のやや小太りの女性が、長女で植物学者の九頭龍双葉《ふたば》。左側に座っている痩せ型で神経質そうにキョロキョロとあたりに視線を彷徨《さまよ》わせている男が、次男で九頭龍ラボラトリーズの技術開発部部長でもある九頭龍参士《さんじ》だ。

子供たちに生まれた順に一、二、三という数字を連想させる名前を入れているというのは、さっき聞いた零心朗が子供にあまり興味を示していなかったという話と合致しているような気がした。

三人はふてくされたような態度でほとんど喋らず、黙々と食事を口に運んでいる。食卓ではほとんど会話が交わされず、僕はずっと居心地の悪い思いをしていた。隣に座っている鴻ノ池も、ディナーの最初のうちは場を盛り上げようと零心朗の子供たちに色々と話しかけていたが、ひたすら黙殺か塩対応されて心が折れたのか、いまはやけを起こしたかのように、鷹央と一緒にワインをがぶ飲みしていた。

ただ、食卓の雰囲気がとてつもなく悪いのは、対面している三人が喋らないからだけではなかった。一番の理由は食事が始まってからずっと、その三人が激しい敵意をむき出しにしていることだ。そして、そのほとばしるような敵愾心《てきがいしん》は、明らかに長テーブルの短辺、主人が座るべき席に腰掛けている九頭龍燐火に向けられていた。

まあ、それはそうだろう。還暦を過ぎた父のもとに後妻として嫁いできた、自分たちより若い見目麗しい女性。実の子供たちにとっては、遺産目当てに父親をたぶらかした悪女にしか思えないだろう。

……いや、実際にそうなのかもしれない。

ナイフで切ったタラのムニエルをフォークで口に運びながら僕は横目で、義理の子供たちから浴びせかけられている敵意を黙殺して悠然と食事を続けている燐火を見る。

彼女は九頭龍零心朗のことを尊敬し、憧れていたので結婚したと言うが、果たしてそれは事実なのだろうか？　実際はやはり九頭龍零心朗の資産に惹かれていたのではないか？　そうでなければ、優秀だった若い女性医師がこんな山奥に引っ込み、世を捨てたような生活を送る理由が思いつかない……。

九頭龍零心朗が重傷を負った事故は、本当に何者かによって意図的に起こされたものなのだろうか？　だとしたら一体犯人は誰なのだろう……。

そもそも、車にも、被害者本人にも、犯罪の形跡を残すことなく事故を起こすなど、果たしてそんなことが可能なのだろうか？

疑問が頭蓋骨の内側を満たしていき、せっかくの低温でじっくりと火を入れた柔らかいムニエルの味もいまいち楽しめなくなる。

ほとんど義務的にタラの白身を全部胃に納めたところで、「失礼します」と横から手が伸びてくる。背の高いコック帽をかぶった四十歳前後の、人の良さそうな男性が空いた皿を手に取った。

「本日の魚料理はいかがでしたでしょうか。海のないこの県では珍しく、とてもいいタラが入ったので、気合を入れて調理させていただきましたが……」

この屋敷の専属の料理人だという味元《あじもと》という男が、期待のこもった眼差しを向けてきていた。

「ええ、とても美味しかったです。ありがとうございます」

僕が慌てて愛想笑いを浮かべると味元は嬉しそうに目を細めた。そのとき、隣に座っていた鷹央が「うーん、やっぱり白身魚は味が淡白だな。もうちょっと追加するか」と声を上げる。

わざわざ自分の〝家〟のキッチンから持ってきた小瓶に入ったカレーパウダーを、鷹央が大量にタラに振りかけはじめるのを見て、味元の笑みが引きつった。

ごめんなさい。この人、カレー味のものか甘いものしか食べられないんです。「……

どうかお楽しみ下さい」と言い残して、とぼとぼと離れていく味元の背中に、僕は内心で謝罪する。

もう早くこのディナー、終わらないかな……。

グラスに注がれている赤ワインを僕が舐めるように飲んだとき、厨房《ちゅうぼう》からモーター音が数十秒聞こえ、それから桃乃が経管栄養のプラスチック容器に、茶色と緑色が混ざったドロドロとした不気味な液体を入れて出てきた。桃乃はそのままダイニングを横切り、ホールへと続く出入り口へと向かう。

「おい、その気持ち悪いものなんだよ？」

それまでずっと黙っていた参士が、ぶっきらぼうに声を上げる。

「こちらはご主人様の夕食です」

「親父《おやじ》の夕食？　なに言ってんだ。親父はもう死んでんだぞ。脳死状態なんだろう」

「死んでなんていません！」

燐火が鋭く言う。

「確かに大脳は大きく障害されているので、意識はありません。けれどまだ脳幹部はしっかりと機能しています。全ての中枢神経が機能を止めている脳死状態とは全く違います」

参士は「細かいことはいいんだよ」と大きく舌を鳴らした。

「大脳がやられてるってことは、もう親父の意識は戻ることはないんだろう。死んだも同然じゃないか。それに、そのドロドロした気持ち悪いスライムみたいなのが夕食ってどういうことだよ？」

「……経管栄養です」

桃乃がおどおどとした様子で答える。

「経管栄養？　それは一般に使用されている経管栄養剤じゃないな。父になにを投与するつもりなんだ。誰がそんな怪しい液体を投与するように指示したんだ」

壱樹の糾弾に桃乃が首をすくめると、「私です」と燐火が立ち上がった。

「私たちと同じものを九頭龍先生にも食べていただくように指示をしたんです」

「私たちと同じ物？」

壱樹が眉を顰める。

「ええ、そうです。今日出したコースの料理を全てミキサーで液体状にして、それを胃瘻から投与しているんです」

「なんでそんなバカなことを。普通の経管栄養剤を投与した方がはるかに安い」

「安い⁉」

燐火の目つきが鋭くなる。

「この屋敷の主人である九頭龍先生の食事を、どうして安く済ませる必要があるんですか。味元さんはいつも栄養バランスを考えた上、最高の食材を使って料理を作ってくださっています。工場で大量生産された栄養液なんかより、味元さんの料理を使った方がずっと先生の尊厳を守ることになります」

覇気のこもった声で言うと、燐火はすっと席を立ち、出入り口へと向かう。長谷川と桃乃もそれに続いた。

「三人してどこに行くつもりなの？」

あまり興味なさげな双葉の問いに、燐火は「九頭龍先生の部屋です」と答えた。

「九頭龍先生の食事のときには、私たち三人でケアをすることになっています。医師である私が経管栄養を接続し、介護士の資格を持つ桃乃さんが体の清拭《せいしき》を行い、長谷川さんが部屋の整理をすることにしています。三人の目が行き届けば、九頭龍先生も快適に過ごせるはずですので」

「なにが快適だ。親父の意識はもう戻らないんだろう。そんなことしてなんになるんだよ」

吐き捨てるように言った参士を燐火は鋭く睨《にら》みつける。その迫力に気圧《けお》されたのか参士は軽く仰《の》け反《ぞ》った。

「意識は戻らなくても、九頭龍先生は私にとって誰よりも大切な人です。その人に、妻としてできる限りのことをするのは、当然じゃないですか」

正論を返され、何も言えなくなった参士に一瞥《いちべつ》をくれると、燐火たち三人は連れだってダイニングをあとにした。

「なんなんだよ、あの女は。親父の財産目当ての後妻の分際で……」

憤懣《ふんまん》やる方ないといった口調で参士が吐き捨てると、鷹央が唐突に手にしていたグラスを叩きつけるようにテーブルに置いた。グラスからこぼれた赤ワインのしずくがテーブルクロスにバラ色のシミを作る。

「燐火が遺産目当てだと決めつけるのは、自分たちこそがそうだからじゃないか？　勝手に人の内心を決めつけるんじゃない。燐火はもともと九頭龍零心朗に強い憧れを抱いていた」

鷹央が強い口調で言うと、参士は鼻白んだ。

「じゃあなにか？　あの女が本気で還暦過ぎの親父と恋に落ちて結婚したとでも言うのか？　そんなわけないだろう」

「なぜ、ないと言い切れる」

即座に言い返された参士の顔に戸惑いが浮かぶ。

「なぜって。そりゃ年齢が……」

「年齢が離れていたら、恋愛関係が結べないという決まりがあるのか？　だとしたらいくつ以上離れていたらダメなんだ？　そんなルールがどこにあるのか教えてくれ」

鷹央に詰められた参士は渋い表情で黙り込む。代わりに隣に座る双葉が口を開いた。

「天久鷹央先生だったわよね。あなたは父さんと燐火さんの共通の知り合いらしいけれど、本当に燐火さんは父さんを愛しているとでも思っているの？」

「……さあな」

鷹央は肩をすくめる。

「私には愛というものがよく分からない。なぜなら、それははっきりとした定義があるものではないからだ。常に一つの真実を求める私の頭脳は、愛という言葉の曖昧な定義を完全には理解することができない。そもそも愛という言葉自体も、性愛を表すエロス、無償の愛を表すアガペーなど、様々な種類があり、お前がどの愛について言ってるのか……」

愛について鷹央が延々と語り出すのを向かいの席にいる三人と弁護士の法川が啞然《あぜん》とした表情で眺める。

まあ、無言で重い雰囲気の食卓よりは、こっちの方が落ち着く。僕は鷹央の高説をいつものように止めることをせず、彼女の語る『愛』についてのトリビアをＢＧＭ代わりに、目が飛び出るほどの値段がするであろう赤ワインの芳醇《ほうじゅん》な香りと、酸味と渋みが絶妙のバランスの味を楽しみ続けた。

十分ほど鷹央の独演会が続いたところで三人が戻ってきた。それに合わせて味元がメインであるラムの香草焼きを運んできた。

「おお、うまそうだ」

ようやく『愛』について語るのをやめた鷹央は、テーブルに置かれていたカレースパイスをドバドバとラムチョップに振りかけ始める。

少なくともシェフのいる前でそれはやめてあげてよ……。

笑顔が引きつっている味元を横目で見ながら、僕はワイン臭いため息をついた。

再び沈黙に満たされたディナーが淡々と過ぎていき、最後にバスク風チーズケーキとコーヒーが出された。

（カレー粉を大量にまぶした）うまい料理と高級ワイン、そして甘味に満足したのか、幸せそうにチーズケーキを頬張っている鷹央の姿を、燐火が愛《いと》おしそうに目を細めて眺めている。

そのとき、これまでずっと無言だった法川がすっと席を立った。

「食事は一段落しましたし、そろそろ今夜の本題に入りましょう」

弛緩《しかん》していた空気が一気に張り詰める。

「確か父さんの遺言書についてよね。まだ父さんが生きているのに公表する必要がある？」

双葉が探るように訊ねる。

「はい。九頭龍零心朗様はご自身が命を落としたとき、もしくは意思疎通ができなくなったときには、関係者を集めて遺言書の内容を公開するように、という指示を出しておりました」

「では、この場に全く関係ない者たちがいるのはなんなんだ？」

壱樹が僕たちに鋭い視線を投げかける。

「鷹央は九頭龍先生が事前に指定した、れっきとした関係者です」

燐火が言うと、「関係者？」と壱樹の目が訝しげに細められた。

「はい、その通りです」

法川がはきはきとした声で言う。

「九頭龍零心朗様が指定した条件では、『遺言の内容を発表する際には、天久鷹央先生とその助手の方々も発表の場に同席する』となっています」

「助手じゃなくて僕は部下なんだけど……」

小声でつぶやきながら僕は向かいの席に座る三人の反応を窺《うかが》う。三人はお互いに顔を見合わせたあと、しぶしぶという様子で小さく頷きあった。

「ご納得いただけたようなので、早速遺言書の内容についてお知らせいたします」

法川は慇懃に言うとスーツの内ポケットから封蠟《ふうろう》が施された封筒を取り出し、ペーパーナイフを使って慣れた手つきでそれを開く。

「それでは発表させていただきます」

法川が小さく咳払いをすると、九頭龍零心朗の子供たちが前のめりになった。

「『遺言書。遺言者九頭龍零心朗はこの遺言書により次の通り遺言する。遺言者九頭龍零心朗が所有する全ての現金、債権、不動産はそれらを五等分し、妻の九頭龍燐火、長男の九頭龍壱樹、長女の九頭龍双葉、次男の九頭龍参士、そして長年私の執事として務めてくれた長谷川進一《しんいち》、それぞれに相続させる』」

法川がそこまで言うと、零心朗の三人の子供たちが同時に大きく息を吐いた。自分たちが想定していた通りの内容だったので安堵しているのだろう。

「なんだよ、前に聞いた内容と同じじゃないか。わざわざ関係者を全員呼び出してまで発表する理由があったのかよ」

参士が皮肉っぽく言うと、法川が「まだ遺言書には続きがあります」と釘を刺した。弛緩していた雰囲気が再び張り詰める。

「続きってなに？　もう遺産の配分は全部説明し終えたでしょう？」

苛立たしげな双葉を、壱樹が「そう慌てるな」と窘《たしな》める。

「どうせあれだ。私の死後も家族仲良くしろ、とかそういうやつだろう。遺言書にはよくあるもんだ」

「だとしたらあれだな」参士が嘲笑するように言う。「医療支援ロボットの実用化を絶対に成し遂げろとかだな。親父はあれに全てをかけていたから。家族なんかより、あのこけしみたいなロボットの方が大切なはずさ」

法川は「続けてよろしいでしょうか？」と、好き勝手に発言する零心朗の子供たちを見回す。三人は少しだけバツの悪そうな表情を浮かべるとあごを引いた。

再び小さく咳払いをしたあと、法川は遺言書の朗読を再開した。

「『ただし、もし遺言者である私、九頭龍零心朗が明らかな病死以外の原因で命を落とす、もしくは意思疎通ができなくなった場合は、私の教え子の一人である天久鷹央先生をこの場に呼び、何者かが私を傷つけ、殺そうとした可能性を調べてもらわねばならない。天久鷹央先生が、私は自然死、もしくは不慮の事故により死亡したのだと断定し、何者の悪意も存在していないと判断するまでは、財産の分与は行わないこととする。もし五人の相続人のうちに、私を害した犯人がいるとしたら、その者を警察に引き渡し、その者が受け取るはずだった財産は、医療支援型ロボット、キュアアイの開発費用に充てることとする』。以上です」

読み終えた遺言書を法川が綺麗に折りたたみ再び封筒に戻すと、耳がおかしくなったかのような沈黙がダイニングに降りる。

次の瞬間、双葉と参士が勢いよく立ち上がった。椅子が倒れ、大きな音が響き渡る。聴覚過敏の鷹央がビクリと体を震わせた。

「なんなのよ、それ⁉　あり得ない！　そんな遺言書、無効でしょ！」

「そうだ！　よりにもよってキュアアイの開発費用に充てる？　そんなこと許されるわけがない」

二人がギャーギャーと抗議するのを、法川は無表情で聞き流す。

ふと僕は、桃乃がそっとキッチンから出ていったことに気づいた。きっと零心朗の経管栄養の状況を確認しに二階に行くのだろう。

「二人とも黙って座れ！」

唐突に腹の底に響く低い声で壱樹が言う。双葉と参士は体を震わせると、怯《おび》えたような表情を浮かべて、倒した椅子を戻してそこに再び腰掛けた。

「ここで抗議しても仕方がないだろう。弁護士が今日まで保管し、そして発表したということは、いまの遺言状は有効だということだ。そうだな？」

「はい、その通りです」

法川が大きく頷くと、壱樹はガリガリと少し白髪の混ざった髪をかき乱しながら鷹央に視線を送った。

「天久鷹央先生、私も帝都大の出身だから、あなたの噂は色々と聞いているよ。医者のくせになにやら色々とおかしな事件に首を突っ込んでいるらしいな。探偵の真似事《まねごと》をするとは全く器用なものだ。私なんて医師の仕事をこなすだけで精一杯だっていうのに……」

嫌味ったらしく壱樹が言うが、鷹央はその言葉に含まれている皮肉に気づくことなく、「まあ、私は天才だから」と薄い胸を反らした。

壱樹は小さく舌を鳴らし、睨むように鷹央を見つめる。

「それで天久先生、あなたは本気で誰かが親父を殺そうとしたとでも思っているのか？　親父が重傷を負ったあの車の激突が、事故ではなく事件だと？」

「さあ、どうだろうな……」

皿に残っていたバスク風チーズケーキの欠片《かけら》を口の中に放り込むと、鷹央はおどけるように肩をすくめた。

「さあってあなた、無責任じゃないの？　とんでもない金額の遺産がかかっているのよ！」

双葉が再び椅子から腰を浮かして鷹央を指さした。

「無責任？」

鷹央の眉がピクリと動く。

「私になんの責任があるというんだ？　私は友人に誘われて、なんの前情報もなくこの屋敷に来たんだ。何者かが九頭龍零心朗に危害を与えた可能性があるということも、ほんの数時間前に聞いただけで、情報をほとんど手に入れていない。こんな状態で一体なにを判断しろって言うんだ。そもそも私はこの依頼を受けるなんて言っていないぞ」

そこで言葉を切った鷹央は法川を見る。

「もし私がこの依頼を断ったとしたらどうなるんだ？」

「その際はこの遺言書は無効となり、その前の遺言書が適用されます。その遺言書によると、九頭龍零心朗様の全財産は慈善団体に寄付されることとなっております」

「なによそれ！」

双葉が悲鳴のような声を上げ、壱樹と参士も、口をあんぐりと開けて固まる。三人の顔からみるみると血の気が引いていった。ふと見ると燐火と長谷川も顔をこわばらせていた。

「冗談……だろ」壱樹がかすれ声を絞り出す。「慈善団体に寄付するなんて、父が言うわけがない」

「はい。ですから零心朗様自身もそちらの遺言書の内容を実施させるつもりはなかったようです。ただ、それをしておけば皆様が間違いなく天久鷹央先生の捜査を受け入れる。そうお考えだったようです」

つまり九頭龍零心朗は、それほどまでに自分の身に危険が迫っていることを自覚していたということか？　そして、万が一のときは絶対に犯人を見つけられるよう、鷹央という保険をかけておいた……。

零心朗の鷹央の知性に対する強い信頼と、抜け目のなさが、二つの遺言書には表れていた。

「それで皆様、どうされますか？　天久鷹央先生の捜査を受け入れるかどうか、ご決断いただければ幸いです」

法川が慇懃に言うと、「ちょっと待てよ」と鷹央が声を上げた。

「私の意思はどうなるんだ？　九頭龍零心朗の件を捜査するかどうか、私はまだ決めていないぞ。明日の朝にでも帰ろうかと思っているところだ」

鷹央はつまらなそうにかぶりを振った。

魅力的な謎、不可思議な謎を前にすると、にんじんを目の前にぶら下げられた競走馬のように活動的になる鷹央だが、今回の件に関しては食指が動かないらしい。

まあ、それも当然か……。車からも、そして被害者である九頭龍零心朗の検査結果からも、特に犯罪を疑わせるような証拠は出ていない。普通に見れば高齢者のハンドル操作のミス、あるいは運転中の急病による、なんの変哲もない事故だ。

「鷹央、そんなこと言わないでよ。せっかくいいものを用意したんだから……」

燐火が猫なで声を出す。

「いいもの？」

鷹央は眉をピクリとあげた。

「私が今日のワインしか用意していないとでも思っているの。九頭龍先生が長年かけて集めたシャンパン、白、赤、さらには貴腐ワインやデザートワイン、全て超高級品よ。ほかにも、ほとんど市場には出回らない幻の大吟醸、そして極めつきはなんと百年以上前のコニャック。……ねえ鷹央、九頭龍先生が色々なお酒のコレクターだったことは知っているでしょ？」

燐火は指折り高級酒を挙げていく。

「まさか、それを飲んでいいって言うのか⁉」

「ええ、もちろん。九頭龍先生はアルコールを飲める体じゃなくなっちゃったし、私はそこまでお酒に目がないってわけじゃない。だったらあなたに楽しんで飲んでもらうのが一番いいでしょ」

「確かにその通りだ！　極めて合理的な判断だな。さすがは燐火」

期待と歓喜に満ちた声を張り上げながら、テーブルに両手をついて身を乗り出す鷹央に、燐火は「ただし」と付け加える。

「九頭龍先生のお酒のコレクションは、あくまで捜査の報酬としてよ。ここにいる間はお酒をいくら飲んでもいいけれど、先生についての捜査はしてもらう。うわばみのあなたなら、いくら飲んでも酔っ払って頭が働かないなんてことはないでしょうからね。どう……？　いい取引だと思わない？」

「素晴らしい取引だ！」

鷹央は勢いよく両手を広げた。手の甲が僕の鼻っぱしらに勢いよく当たる。目の前に火花が散って僕は顔を押さえた。

「鷹央先生、気をつけてくださいよ！　痛いじゃないですか」

抗議をするが、大量の高級酒が飲めるという喜びで我を失っている鷹央の耳には届いていないようだった……。

この人をここまで完璧にコントロールするとは、さすがは元恋人なだけある……。

僕がそんな風に感心した瞬間、遠くから甲高い悲鳴が聞こえてきた。

「おい、なんだいまの声は？」

酒への期待で緩んでいた表情を引き締めながら鷹央が立ち上がる。

「いまの声、……桃乃さん？」

燐火が視線を彷徨わせた。

「桃乃さんなら旦那様の様子を見に行っています」

長谷川の言葉を聞いた瞬間、燐火は大きく息を呑むと、立ち上がって出入り口へと走る。一瞬の間を置いて鷹央が「私たちも行くぞ！」と僕と鴻ノ池を促した。

燐火を先頭にダイニングを出た僕たちは、ホールを通って玄関へと向かい、階段を駆け上がる。

「桃乃さん！」

零心朗の部屋の前までたどり着いた燐火が、勢いよく扉を開けた。

彼女の肩越しに部屋の中に広がっていた光景を見て、僕は目を疑った。ベッドに横たわっている九頭龍零心朗の太ももに深々とメスが突き刺さっていた。足から流れ出した大量の血液がシーツを赤く濡《ぬ》らしている。

「何があったの！　何でこんなことになっているの？」

ベッドの脇に座り込んでいる桃乃に、燐火が怒鳴りつけるように訊ねた。

「分かりません。経管栄養が終わっているかどうか確認しに来たらこの状態で……」

いまにも泣き出しそうな顔で桃乃は言う。

「傷口を確認します。鴻ノ池、手伝え」

早口で言いながら、僕はベッドに駆け寄る。

患者衣がたくし上げられており、あらわになった零心朗の太ももに、数ヶ所、メスでつけられたと思われる刺創《しそう》が確認できた。

「誰がこんなことやったの⁉」

兄弟とともに遅れてやってきた双葉がダミ声を上げる。

「わ、私が先ほど奥様、桃乃さんと一緒にご主人様の経管栄養を開始した際には、こんな傷はありませんでした……」

唇をわなわなと震わせながら長谷川が言う。

「じゃあ、そのメイド以外、犯人はいないじゃないか！」

壱樹が桃乃を指さした。

「三人が戻ってきてから、そのメイド以外は誰もダイニングを出ていない。この部屋に来て父の足を刺したりできるのは、その女だけだ！」

「お前がおやじを刺したのか⁉　なんのつもりなんだ⁉」

参士が未だにへたり込んでいる桃乃に近づき、怒鳴りつけた。

「違います！　私じゃありません。私がこの部屋に入ったときはもうこの状態だったんです……」

「でたらめ言うな！　親父の足を何度も刺してから悲鳴をあげたんだろう⁉」

「いいえ、違います……」

滅菌ガーゼで傷口を圧迫止血しながら、僕は静かに言う。

参士は「はあ？」と脅しつけるような口調で言いながら、僕を睨んできた。

「なんの根拠があって、そんなこと言ってるんだ？」

「血液が固まっているからですよ」

僕が即答すると、参士は「どういうことだ？」と鼻の付け根にしわを寄せた。

「傷の周りについている血液、その一部がすでに凝固しています。この状態になるのに十分ほどはかかるはずです」

「つまり私と奥様、そして桃乃さんの三人がこの部屋を出た三十分ほど前から、十分前までの間に誰かが旦那様の足を刺したと言うんですか？」

長谷川は混乱した様子で頭を押さえる。

「けれど、その時間、全員がダイニングかキッチンにいたはずです。どなたも二階に上がってこの部屋に来ることはできませんでした」

確かにその通りだ……。一体何が起こっているというのだろう？

鴻ノ池とともに止血処理を進めながら僕は混乱する。その時、すぐ後ろで僕たちの処置を眺めながら口元に手を当てて考え込んでいた鷹央が声を上げた。

「いや。一人だけそれができたやつがいるじゃないか……」

「えっ、一体誰ですか⁉」

鴻ノ池が驚きの声をあげると鷹央は部屋の隅、ベッドの陰になっている部分を指さした。そちらに視線を向けた僕の背筋に、冷たい震えが走る。

「いや、正確には一人じゃなくて一台か」

シニカルに言う鷹央が指さした先……。そこには、円筒にドーム状の頭部が乗ったロボットが佇んでいた。

ドーム状の頭部と胴体から伸びたアームに血液がべったりとついたロボットが……。

「これは興味深いな」

鷹央は細めた目で、血まみれのロボットを眺め続けた……。

4

「一体なにが起こったんでしょうね？」

ベッドに俯《うつぶ》せに横たわり、両手で頬杖《ほおづえ》をついた鴻ノ池が、両足をバタバタさせながら言う。

九頭龍零心朗の足がメスでめった刺しにされているのが発見されてから、すでに三時間以上が経《た》ち、まもなく日付が変わる時間になっていた。

零心朗の傷については部屋に様々な医薬品があったため、素早く止血、そして縫合することができ、命に関わるような事態にはならなかった。

最大の問題は、血まみれになった医療支援ロボット、キュアアイへの対応だった。

僕は三時間前の出来事を思い出す。

「こいつが！　このロボットが父さんを刺し殺そうとしたのよ」

僕が傷の処置を必死に続けているなか、双葉の甲高い声が部屋に響き渡った。

「違います。そんなわけありません」

即座に否定したのは、まだベッドのそばで腰を抜かしていた桃乃だった。

「キュアアイは人を助けるためのロボットです。私がご主人様をケアする際、ずっと助けてくれた大切な相棒です」

「とは言っても、状況から見るとそのロボットが刺したとしか思えないんですが……」

出入り口の近くで立ち尽くしていた法川が首をすくめた。

「でも、キュアアイはご主人様を傷つけたりするわけがないんです。ずっとご主人様に尽くしてきたんですから」

パニックになっているせいか、桃乃は顔を真っ赤に紅潮させると、ほとんど息継ぎをすることなくまくし立てた。

「ギャーギャーと騒がないでくれ。ただでさえ混乱しているのに、さらにわけが分からなくなる」

壱樹が低い声で脅しつけるように言う。桃乃は怯えたような表情を浮かべると、

「……申し訳ありません」と俯《うつむ》いた。

「このメイドはまるで、そのロボットに意思があるかのように言っているが、もちろ

んそんなわけはない。そうだな」

壱樹は、心配そうに零心朗の様子を窺っている燐火に訊ねる。燐火は「ええ、もちろん自我はありません」と凛《りん》とした声で答えた。

「ならそのロボットが父を刺したとしてもなにもおかしくないんだろ？」

「いいえ、そんなことはありえない」

燐火は首を横に振る。

「キュアアイに内蔵されているAIは、人を救うことだけを目的に構築されています。人に、しかも自分が救う対象である患者に危害を加えるようなことは不可能です」

「なるほど。俗に言う『ロボット三原則』のようなものがプログラミングされているということだな」

それまで黙って状況を確認していた鷹央が声を上げる。

一番最後に部屋にやって来て、いまは法川のそばに立っている味元が「ロボット三原則……？」と首をひねった。

「『ロボット三原則』は、SF作家であるアイザック・アシモフが自身の小説においてロボットが従うべき原則として示したものだ。『第一条、ロボットは人間に危害を加えてはならない』。『第二条、ロボットは人間に与えられた命令に服従しなければならない。ただし与えられた命令が第一条に反する場合は、この限りではない』。『第三条、ロボットは第一条及び第二条に反する恐れのない限り、自己を守らなければならない』、という三つの原則から成り立っている。まあ実際にこれを現在の技術でプログラミングするとフレーム問題が起きると考えられていて、プログラミング自体が極めて困難であるとの意見が主流だ。ただし……」

ペラペラと『ロボット三原則』について語りはじめた鷹央に、僕は「鷹央先生、話がちょっとずれてますよ」と、止血処置を行いながらつっこみを入れた。

気持ちよく知識を吐き出していたところを邪魔された鷹央は顔をしかめるが、さすがにいまはＳＦ作家が規定したロボットの原則について延々と語るべきときではないと気づいたのか、不満げに唇を尖《とが》らしつつも黙り込む。

「つまり、このロボットは少なくとも人を傷つけることはできないようプログラミングされているということか？」

燐火に視線を送りながら壱樹が言う。

「ええ、そう聞いています。ただ、それについては私より参士さんが詳しいと思いますけれど」

突然、話を振られた参士は「俺？」と自分を指さした。

「参士さんは九頭龍ラボラトリーズの常務ですよね。それにこのロボットの開発部門の責任者でもあるはず。どのようなプログラミングをされてるのか、この中で一番詳しく知ってるのはあなたではないんですか？」

「いや、まあそうだけど……」

歯切れ悪く言うと、参士は頭を掻く。わずかにフケが舞い、隣にいた双葉が顔をしかめた。

「ただ、責任者と言っても、俺の役目は開発よりも資金調達だったから。プログラムの内容についてはあまり詳しくは聞いていないよ」

「分かる範囲でいいから答えろ。このロボットが人を傷つけるような命令を受け付ける可能性はあるのか？」

鷹央が早口で訊ねる。参士は渋い顔でかぶりを振った。

「いや、人を傷つけろという命令は受け付けない。万が一そんなことを可能にして、なにか事故が起こったりしたら、医療支援ロボットとしては致命的だ。開発中止どころか高額の賠償金を支払わなくてはならなくなるからな。ただ……」

口ごもった参士に、鷹央が「ただ何だ？」と先を促す。

「そこにあるキュアアイはプロトタイプだ。人を傷つけろ、という命令は拒否するだろうが、うまくプログラムの隙をつけば、患者を怪我させることは可能かもしれない」

「どういうことだ。具体的に言ってくれ」

鷹央は腹立たしげに言う。

「つまりだな、キュアアイに点滴を新しい生理食塩水に繋《つな》ぎ替えてくれという命令は普通にすることができる。ただし、その生理食塩水に毒が入っていたとしたら、キュアアイはそれが患者を害する行為だと理解することはできないから、その命令に問題なく従う」

「なるほど。患者を傷つける行為であるとAIが認識しなければ、実行できるということか。しかし、今回の場合は患者の足がメスで滅多刺しにされている。どんな風に命令をすれば、ロボットにその行動を取らせられると思う?」

「俺に聞かれても分からないよ」

参士は面倒くさそうに手を大きく振った。

「そもそも、キュアアイが自分でなにか行動を起こすはずがないんです」

ショックからある程度立ち直ったのか、桃乃が声を上げた。

「キュアアイは人間が命令した際、それに沿ってすぐに行動をするだけです。誰もいない状態ではキュアアイは作動しません」

「ん?　それはつまり、何時間後になにをするなどの指示を出せず、あくまでリアルタイムで医療行為のサポートをするということか?」

鷹央の問いに桃乃は「はい」と大きく頷いた。

「まだプロトタイプなので、あくまで人間がついて直接指示をしないと動かないようになっています。そうですよね？」

桃乃は参士に視線を向ける。参士はやや自信なさげに、「ああ、そのはずだ」とあごを引いた。

「このロボットが九頭龍零心朗の足を刺したとしたら、その場に誰かがいて命令を下さなくてはいけなかったということか。しかし、燐火たち三人がこの部屋を出てから、ついさっきこのメイドが悲鳴をあげるまでの間に、この部屋に侵入できた者はいないはずだ。なら……何者かが部屋の外から指示を出したのか？」

口元に手を当てた鷹央は横目で参士に視線を送る。

「このロボットに指示を出す方法は声だけか？」

「基本的にはな。ただ声が出せない患者のために、タイピングでの打ち込みや筆談も想定している。それにアイコンタクトやジェスチャーで指示を出すことも可能だし、専用のアタッチメントをつけることで脳波を読み取って思考だけである程度操作できるようにもなっている」

「ということは、人がいなくても文章を見せたり、どこか遠くでタイピングをすれば動かせるということか？」

「いや、そうじゃない。現時点では文章はあくまで患者、もしくはその場にいる人間が紙などに書いていくものを認識するようになっている。また、タイピングもいまは外部との接続はしておらず、直接本体の頭部の液晶画面に浮かび上がるキーボードにタイプする必要がある。ジェスチャーやアイコンタクトは言うまでもないな」

「つまり、その場に人がいて命令を下さなければ、このロボットが動かないということは間違いないというわけだな？」

鷹央がまとめると、参士は「ああ、そうだ」とはっきりと頷いた。

「これで、完全に振り出しに戻ったな」

そう言いつつも鷹央の口元は緩んでいた。さっきまでは、友人の頼みであるから（そして高級な酒をたらふく飲めるから）仕方なく捜査することに同意していた鷹央だが、ここに来て不可思議な事件を目の当たりにし、テンションが上がってきたようだ。

「あの、皆さん……、そんなことより早く警察に通報しないと」

いまも出入り口辺りに立っている法川が、至極常識的な提案をする。

確かにその通りだ。何者かによって零心朗の足が滅多刺しにされたのは間違いない。傷害事件、下手をすれば殺人未遂だ。警察に通報して捜査してもらうのが当然だろう。

「お、俺が警察を呼んできます」

味元が踵を返そうとしたとき、「ダメだ！」という怒声が部屋に響き渡った。

大きく体を震わせた味元は振り返って、自分を怒鳴りつけた男、壱樹を見る。

「あの、ダメってどういうことでしょう？　だって警察を呼ばないと……」

「警察を呼んでなんて言うつもりだ？」

壱樹の詰問に味元は「え、え……？」としどろもどろになる。

「九頭龍ラボラトリーズが、莫大な投資を行ってようやくプロトタイプまでこぎつけた医療介護ロボットが、会長である父の足を滅多刺しにして殺そうとした。そんなことが公になったらどうなると思う？」

壱樹の言葉を聞いた双葉と参士の顔がさっと青ざめる。燐火の表情もこわばった。

「明日には九頭龍ラボラトリーズの株価はストップ安だ。何百億円、もしかしたら一千億円を超える時価が吹っ飛ぶことになる。そうなれば多くの社員がリストラされる可能性すらあるんだ。君はその責任を取れるというのか？」

「いや、責任と言われても……」

味元は助けを求めるかのように視線を彷徨わせる。

「幸いなことに父の命に別状はないようだ。そうだな？」

やけに尊大な態度で訊ねてくる壱樹に反感をおぼえつつ、僕は「ええ」と小さく頷いた。

「なら、わざわざ警察など呼ぶ必要はない。これはちょっとした事故だ」

「ちょっとした事故で済ますのは、いくらなんでも……」

弁護士という職業上の倫理観が許さないのか、反論しかけた法川を壱樹は殺意すら籠っていそうな表情で睨みつける。

「この辺りは特に産業もない。この自治体の経済を支えているのは父が払っている莫大な税金だ。もし警察が下手な勘繰りをすれば、住民票を移して他の市町村に納税を行う。そう伝えれば警察官も詳しくは調べようとしないはずだ。それが分かっているのに、わざわざあなたは自己満足のために通報しようとするのか？」

壱樹に強い口調で責められた法川は、唇を嚙んで黙り込んだのだった。

その後、零心朗の傷の処置を終えると、僕たち三人は、鷹央と鴻ノ池にあてがわれた部屋へと集まり、話し合いをはじめた。

燐火、長谷川、桃乃の三人は夜中に零心朗が再び襲われないようにと、今夜は全員で零心朗の部屋で過ごしている。

一体なにが起きているか分からない状態では、単独行動は危険だということで、法川は味元の部屋に泊まり、零心朗の子供たちも最も大きな客間を三人で使うということだった。

夜の過ごし方に関しては、それほど迷うことなく決まったが、最大の課題である血まみれのロボットをどうするかは難航した。

参士や桃乃の話からすれば、キュアアイに自立的に人を襲うような機能はない。しかしそんな説明も、血まみれで佇んでいるロボットの恐ろしさを打ち消すのにはなんの役にも立たなかった。

結局キュアアイは、電源を落とした上でキッチンの奥にある食料用倉庫に閉じ込めることになった。

その倉庫は外側から閂《かんぬき》がかけられる仕様で、中からドアを開けようとしても外には出られないような作りになっていた。

この三時間ほどで起きた出来事を頭の中で反芻《はんすう》していると、「なにぼーっとしてんだよ」と鷹央に声をかけられた。

「ああ、すいません。ちょっと、さすがに疲れて」

「まったく。これくらいで疲れるなんて情けない。私なんてピンピンしているぞ」

「そりゃ、鷹央先生は僕が運転する車に乗ってお菓子を貪っていただけですからね。それに零心朗さんの傷の止血と縫合をしたのも僕と鴻ノ池だし。その上また、なにがなんだか分からない事件に巻き込まれて、本当に消耗しているんですよ。いますぐベッドに横になって寝たいです」

「お前、ベッドは使えないぞ。燐火から敷布団と毛布を借りてるから床で寝ろよ」

「分かってますよ。……こういう扱いを受けるの慣れてますから」

　すぐそばに畳まれている布団を見て僕はため息をつく。

「あの、小鳥先生。もしよかったら、私のベッド使います？　私、別にそっちの布団で寝ても全然気にしませんし」

　さすがに哀れに思ったのか鴻ノ池が提案する。

「いや、気にしないでいいよ。あくまで僕が二人の部屋にお邪魔しているんだから」

「そうだそうだ。小鳥を甘やかす必要なんてない。私たちみたいな麗しきレディの部屋に泊めてもらえるなんて、普通ならありえないぞ」

「麗しきレディ？」

　思わず疑問形になってしまう。鷹央の眉間に深いしわが寄った。

「なんだ？　なんか文句でもあるのか？」

「いえ、滅相もございません。鷹央先生はどこから見ても正真正銘の麗しきレディです」

　危険を感じた僕が慌てて持ち上げると、鷹央は「分かればいい」と満足げに胸を張った。

　ちょろくて助かった。安堵の息を吐く僕の腕を、鴻ノ池がちょんちょんと指先でつついてくる。

「小鳥先生、私はレディじゃないんですか？」

「レディだよ。レディ。この部屋にいる女性はみんな麗しきレディだ」

面倒くさくなって投げやりに言うと、鴻ノ池はにへーと相好を崩して、僕の耳元に口を近づけてくる。

「でもいくら麗しきレディと同じ部屋で夜を過ごしても、夜這《よば》いとかしちゃだめですよ」

下品な冗談に僕が口をへの字に歪めると、鴻ノ池はさらにニヤニヤしながら囁いてきた。

「ただ、鷹央先生を口説いて今夜決めちゃうつもりなら、私、全面協力しますよ。二時間ぐらい気を利かせて部屋の外に出ています」

「いい加減にしてくれよ……」

頭痛をおぼえた僕が額を押さえると、鷹央が声を上げた。

「修学旅行に来ているわけじゃないんだから、あんまり気を抜くなよ。今夜が第一の山場だからな」

「山場ってどういうことですか？」

僕の問いに、鷹央は唇の片端を上げて左手の人差し指を立てる。

「こういう山奥の屋敷を舞台にした、いわゆる『嵐の山荘もの』のクローズドサークルミステリでは、最初の夜に一人目の犠牲者が出るのが定石だ。油断しているとなにが起きるか分からないぞ」

明らかにワクワクとした口調で言う鷹央に、僕は呆《あき》れ果てる。

「これはミステリ小説の出来事じゃありません。そもそも今日は嵐じゃありませんし、その気になれば車で町に降りることもできますから、クローズドサークルというのも正確じゃありません」

「細かいやつだな。そんなんだから女にもてないんだぞ」

「ほっといてください！」

僕が思わず大きな声を出すと、鷹央が「冗談はともかく」と表情を引き締めた。

「何者かが九頭龍零心朗に危害を加えたのは間違いない。それこそ下手をすれば命を奪いかねないほどの危害をな」

「確かにそうですね」

僕はついさっき処置した零心朗の足を思い出す。

「運良く大腿《だいたい》動静脈とかの太い血管は外れていたので出血は限定的でしたけれど、傷口自体はかなり深かったです。もし大血管が損傷していたら間違いなく出血死していました」

「誰が、なんのためにあんなことしたんでしょうね？」

ひとりごつようにつぶやいた鴻ノ池を、鷹央が「それだ！」と指さす。

「誰が、なぜ、そしてどうやってあれを行ったのか。その全てが謎のままだ。その中で最初に考えるべきこと、それは、なぜ九頭龍零心朗は襲われたかだ」

「なぜ襲われたか……」

僕はその言葉を繰り返す。

鷹央は「そうだ」と大きく頷いた。

「九頭龍零心朗は植物状態だ。昏睡から今後も回復する見込みはない。そんな人物を傷つけたり、ましてや殺害する理由が分からない……」

「早く遺産が欲しかったとかじゃないですか？　だって昏睡状態と言っても生きている限り遺産は手に入りませんから」

鴻ノ池が片手を上げる。

「それはどうかな？」

鷹央は首をひねった。

「九頭龍零心朗はまだ六十過ぎだが、若い頃の無理がたたって全身状態はかなり悪い。その上、人工呼吸器と胃瘻からの経管栄養でなんとか生命をつなぎとめている状態だ。この状態で長期生存ができると思うか？」

「難しいでしょうね」僕は即答する。「元々、瘦せていたんでしょうが、肋骨《ろっこつ》がはっきりと浮き出ていて、全身の筋肉も脂肪も落ちているのが見て取れます。栄養状態が悪いので免疫機能も落ちているでしょうし、一般的な食事をミキサーして、胃瘻から流し込むというのもややリスクが高いと思います。おそらくは近いうちに誤嚥《ごえん》性肺炎を起こして、そのまま衰弱死していくでしょう」

これまでの医師としての生活で、似たような患者をたくさん見てきた。このあと九頭龍零心朗がたどる運命は手に取るように分かる。

「そう。近いうちに三人の子供たち、燐火、そして長谷川は、莫大な遺産を手に入れる。わざわざその遺産を失うどころか、殺人犯として逮捕されるリスクを取る必要などないはずだ」

「でも、燐火さんは遺産のために、三人がどうにかして零心朗さんを殺そうとしたんじゃないかって疑っていましたけど……」

思いついたことを口にした僕に、鷹央は冷たい眼差しを注いでくる。

「燐火の説明は、あの三人はそれぞれ金に困っていた。だから、遺言書で遺産相続から外されることを恐れ、遺言書を書き換える前に殺害してしまおうとしたというものだったんだぞ。けれどすでに、九頭龍零心朗は新しい遺言を書けるような状態じゃなくなっている。しかも夕食後に、あの法川とか言う弁護士から発表された遺言は、零心朗の子供たちにとって悪くない内容だったはずだ」

「確かにそうですけれど、いますぐ現金を必要としている状況だったとか……」

僕が食い下がると、鷹央はこれ見よがしに大きなため息をついた。

「あのな、莫大な遺産が入ってくることが確実なら、どこからだって金を借りられるはずだ。銀行だっていくらでも融資してくれる。それなのにリスクを冒す理由がどこにある？」

ぐうの音も出ない正論を突きつけられ、僕は「すみません」と首をすくめることしかできなかった。

「分かればいい」

鷹央は鷹揚に頷く。

「さて、次に考える問題は、犯人に殺意があったのか否かだな」

「え、殺意があったか？　だけど、あんなに何回も足を刺してるんですよ。それで殺意がないなんてことありえますか？」

鴻ノ池は小首を傾げる。

「逆に言えば、あれだけ何ヶ所も刺していたにもかかわらず、出血死に繋がる大血管には当たらなかったということだ。わざと血管を外していたとも考えられる」

「言われてみればそうですね」

鴻ノ池はあご先に手を当てた。

九頭龍零心朗が致命傷を負わなかったのは偶然なのか。それとも犯人が意図的に命までは奪おうとしていなかったのか。それによっても犯人の意図は大きく変わってくる。

なんか複雑な話になってきたな……。

必死に状況を整理している僕を尻目に、鷹央はさらに話を続けていく。

「そして最大の問題は、誰がやったかということだ」

「誰がって、さっき零心朗さんの部屋で聞いた情報によると、誰にも犯行は不可能だった気がするんですけれど……」

鴻ノ池が戸惑い声でつぶやく。

「そうだな。もしあそこで聞いた情報が全て正しいと仮定するならば、少なくとも私たちが知っている人物の中で犯行ができる者は誰もいなくなる」

「私たちが知っている人物の中でって、もしかして他に誰か、建物内に潜んでいる可能性があるってことですか？」

鴻ノ池の顔に軽い怯えが走るのを見て、僕は口を開く。

「けど、さっき確認したじゃないですか。この屋敷に誰かが侵入した形跡はありませんでしたよ」

三時間前に零心朗の部屋を出てすぐ、僕たち三人は屋敷の外に出て、ぐるりとその周囲を調べた。僕たちが屋敷に到着する前に降っていた雨で地面はかなりぬかるんでいたので、もし何者かが屋敷に近づき、開いている窓などから侵入したとすれば確実に足跡が残っているはずだ。

しかし三人で目を凝らして調べたが、そのような形跡はなかった。

この屋敷内にいるものは、正面玄関から入った者たちだけ。探索を終えた僕は、そのように結論を下していた。

「あくまで、この数時間以内に何者かが屋敷に侵入した形跡はなかったというだけだ。だが、それよりはるか前から、この屋敷に私たちの知らない人物が潜んでいたとしたらどうだ？」

鷹央が声を低くする。僕の背中に冷たい震えが走った。

僕たちが案内されたのは、この屋敷の一部だけだ。見ていない部屋に誰かが潜んでいたとしても気づくことはできないだろう。

「け、けれど、もしそんな人物がいるとしたら、この家に住んでいる燐火さんは知っているはずですよね」

「だろうな」

「なら、なんでそのことを鷹央先生に教えてくれないんですか？　そもそも、自分の夫を傷つけた人物を匿《かくま》う理由なんてないはずじゃないですか」

「まあ、普通に考えたらそうなんだがな……」

歯切れ悪く言いながら鷹央はこめかみを掻く。

「つまり、燐火さんは普通じゃないと？」

僕の問いに鷹央は「……そんなところだ」と曖昧に頷いた。

「ねえねえ、鷹央先生。燐火さんとはどういう関係だったんですか？　どんな感じでお付き合いはじめたんですか？」

恋バナに目がない鴻ノ池が、こんな状況だというのに、はしゃいだ声を上げはじめる。

「どんな関係って……。あいつがさっき言った通りだよ。学生時代ちょっと交際していただけだ」

鷹央が面倒くさそうに軽く手を振った。

「えー、気になります。どっちから告白したんですか？　どんなお付き合いだったんですか？」

グイグイと迫ってくる鴻ノ池に、ごまかすより話した方が早いと判断したのか、鷹央は大きくため息をついたあと、話しはじめた。

「付き合おうと言い出してきたのは燐火だ。いきなり『鷹央、私の恋人になってくれない？』とか言ってきたな」

「ロマンチックですね。それですぐにＯＫしたんですか？」

鴻ノ池は祈るように両手を組んで甲高い声を出す。

そんなにロマンチックか？　唐突すぎないか？　胸の中で突っ込んでいる僕を尻目に鷹央は淡々と説明を続けた。

「少し検討したあと、『ああ、別に構わないぞ』と答えたな」

「いいなぁ。燐火さんのどこに惹かれたんですか？」

「惹かれた？　……私は燐火に惹かれていたのか？」

自問しながら鷹央は視線を彷徨わせる。

「まず、あいつの求愛を受け入れた一番の理由は、恋愛というものがどういうものか私には全くわからなかったので、それを学ぶために経験することも悪くないと思ったからだ」

つまり知的好奇心で交際をしたってことか。……この人らしいな。

「それにもともと、燐火とは学生時代、一緒にいる時間が長かったからな。別に恋愛関係になってもそれほど支障はないと判断したんだ」

「そ、そうですか。鷹央先生の方から燐火さんに対して、なんかこう胸の中で燃え上がるみたいなものはなかったんですか？」

期待していたものと全く違う答えに、鴻ノ池の笑みが引きつる。

「燃え上がる？　胸の中でなにかが燃え上がったりしたら、焼死してしまうじゃないか」

比喩を理解するのが苦手な鷹央が、不思議そうに首を傾けた。

「そ、そうですね」

期待した恋バナを聞けなかったことが不満なのか、鴻ノ池の口調から覇気がなくなる。代わりに僕が疑問を口にした。

「でも、そもそも鷹央先生が誰かと一緒にいるって珍しいですね。燐火さんとは気があったんですか？」

「気があったというか、あいつがベタベタと私に近づいてくるんだよ。この屋敷に来たときのこと覚えてるだろ？」

辟易した様子で鷹央は髪を掻き上げる。玄関に入ってすぐ、階段を駆け下りて来て鷹央を抱きしめ、その髪を愛おしそうに撫《な》でていた燐火の姿が頭に浮かんだ。

「逆に燐火さんは、どうしてそんなに鷹央先生に執着してたんでしょうね？」

僕が無意識に疑問を口にすると、鷹央がぎろりと横目で睨んできた。

「どういう意味だ、それ？　私のような麗しきレディに男女問わず魅力を覚えるのは当然のことじゃないか？　それともなにか？　お前、私に惹かれるのが異常なことだとでも言いたいのか？　あ、どうなんだ？　はっきりと答えてもらおうか」

地の底から聞こえてくるような低い声で脅しつけられ、僕は慌てて、「違います！違います！　そういう意味じゃありません」と胸の前で両手を振った。

「だって、燐火さんはそのあと、零心朗さんと結婚しているんですよね。若い女性である鷹央先生と、還暦を過ぎた男性の零心朗さん、交際する相手に共通点がないというか……」

必死に頭を動かして僕が言い訳をすると、鷹央は「共通点ならあるぞ」と鼻の頭を掻いた。

「天才であることだ」

「天才であること？」

意味が分からず僕は聞き返す。

「そうだ。私が天才なのは言うまでもないだろう。そして九頭龍零心朗も紛れもない天才だった。あの男が作り出したプログラミングは、まるでクラシック音楽の楽譜のように美しく、それを眺めているだけで、体が浮き上がってくるような感覚に襲われたものだ」

これまでの事件で様々なコンピューターにハッキングをして情報を入手していることからもわかるように、鷹央はプログラミングに長《た》けている。その鷹央がここまで手放しで絶賛するということは、零心朗の能力は鷹央すらはるかに凌駕《りょうが》するものだったのだろう。

「つまり燐火さんは天才に惹かれるっていうことですね。だったら鷹央先生に惹かれるのは当然ですよね」

鴻ノ池が言うと鷹央は「まあ、私は図抜けた天才だからな」と得意げに鼻を鳴らした。

「でも、それじゃあどうしてお別れしちゃったんですか？」

鴻ノ池の問いに鷹央は少しだけ寂しげな笑みを浮かべた。

「あいつの言う『愛』というものが、私には重すぎたんだよ」

鷹央は目を細め、天井あたりに視線を彷徨わせた。そこにきっと燐火との思い出を見ているのだろう。

「私や九頭龍零心朗ほどではないが、燐火も十分に優秀な知能を持っている。大学に入り、私や九頭龍零心朗に会うまで、燐火は、自分こそが世界で最も優れた人間だと内心で自負していたらしい」

「けれど、鷹央先生たちに会ってその価値観が打ち砕かれた」

言葉を継ぐと鷹央は「みたいだな」とシニカルに唇の端を上げた。

「最初はかなり悔しかったらしい。どうにかして私たちに勝とうと必死に努力したということだ。けれどやがて、決して私たちには追いつけないことを自覚した」

鷹央の頭脳のポテンシャルは生まれ持ったものだ。

様々な才能と引き換えに……。

他人の表情や態度を読み取り空気を読む能力、いくつかの事柄を並行して行う能力、人間社会の中でうまく生きていく社会性。それらを喪《うしな》う代償として、鷹央は超人的な頭脳という特殊な能力を神より受け取った。

「それでどうなったんですか？」

再び恋バナの気配を覚えたのか、鴻ノ池のテンションが上がっていく。

「私につきまとって色々と面倒見てくれるようになった」

「面倒を見る、ですか……」

よく分からないと言った様子で、鴻ノ池は唇に人差し指を当てた。

「ああ、そうだな。私にまとわりついて身の回りの世話をしてくれた。実習のときうまく人間関係をサポートしてくれたり、レポートの範囲を教えてくれたり、あとは食事のときに口を拭いてくれたり……」

そんなことまでさせていたのかよ……。

「尽くすタイプなんですね、燐火さんって。ならどうして別れちゃったんですか？」

「あまりにも尽くしすぎるからだよ。なんと言うか、燐火は全力で尽くす代わりに、他の人間を私に近づけようとしなくなった。そして、私がどこにいるのか、常に居場所を知りたがるようになった」

「ああ、そういう人っていますよね」

なにか苦い経験でもあるのか、鴻ノ池は顔をしかめた。

「いつのまにか、尽くす代わりに私を自分の所有物のように扱いはじめたんだ。これ以上関係が深くなると共依存となり、お互いにとって悪い影響を与えはじめる。というか、もうすでにそれははじまっている。私はそう判断したから、あいつに別れを告げたんだ」

外見は天久真鶴に似ている燐火だったが、鷹央に注ぐ『愛』は、姉の真鶴とはだいぶ質の異なるものだったようだ。

「あのー、つかぬことをお伺いしますけれど」僕はおずおずと口を挟む。「別れるとき、鷹央先生、燐火さんになんて言いました？」

鷹央は「そうだな」とこめかみを掻く。

「『これ以上お前と交際することはできない。私のことはきっぱり諦めろ』だったかな？」

本当にきっぱり言ったんだな。そりゃ燐火さん、ショックを受けるわ……。その失恋の傷を癒すために、もう一人の天才である零心朗に惹かれていったというわけか。

鷹央とは違い、自分を受け入れてくれる大人の男性である零心朗は、燐火にとってはまさに理想の相手だったのだろう。そして今度こそ逃さないように交際して、すぐに籍を入れ、妻という、天才の隣に立つ揺るぎない地位を手に入れたということか。

ようやく燐火と鷹央の関係性をなんとなく理解し、僕は小さく頷く。

「まあ、でもそれだけ鷹央先生と深い関係がある燐火さんが、この家に誰かが隠れていることを黙っているわけはないですかね」

「さあ、どうだろうな」

鷹央は自信なさげに言う。

「さっき言ったように、あいつ、かなり変わった性格してるからな。もしかしたら私を試すために騙《だま》したりする可能性は十分にあると思うぞ」

「試すってどういうことですか……」

鴻ノ池が瞬《まばた》きをする。

「つまり、私が以前の天才性をまだ持っているかどうか、確認しようとしているかもしれないんだよ。あいつはなんと言うか……、天才コレクターみたいなところがあるからな」

「ということは、燐火さんが誰かを匿っていて、その人物が零心朗さんの足を刺したかもしれないということですか？」

僕が問うと、鷹央は首を横に振った。

「いや、それはないと思う」

「え？　なんでですか。いま、燐火さんが自分を試すかもしれないって、鷹央先生、言ったじゃないですか？」

「そう、あいつが私を試す可能性はある。ただし、あいつが九頭龍零心朗を傷つけた人物を許すとは思えない」

鷹央の表情が引きしまる。

「私に捨てられた燐火にとって、自分の全てを受け入れてくれる本物の天才である九頭龍零心朗はまさに唯一無二の愛すべき存在のはずだ。その男を傷つけられたとしたら、犯人を匿うことは絶対にありえない」

鷹央は迷いない口調で言った。

九頭龍燐火という女性の人となりを完全には理解していない僕にとっては、それが正しいかどうかは判断できない。しかし、鷹央がここまではっきり言うということは、それは間違っていないのだろう。

「ただな……」鷹央が少しだけ肩をすくめた。「九頭龍零心朗はまぎれもない天才で、私もその才能には敬意を払っていたが、人間としては余り好ましい人物とはいえなかった。なんと言っても、女癖が悪くてな。私と交際しているころから、燐火にこなかけていて、なんかムカついていたし」

複雑な三角関係だな……。胸の中でつぶやきながら、僕は頭を整理していく。

「少なくとも零心朗さんの足を刺した犯人はこの屋敷にひそかに侵入したわけでも、匿われているわけでもないということになりますよね。つまり僕たちの知る誰かが犯人……」

「そうだな。まあ、あのロボットが時間差での操作や遠隔操作を受けつけないというのが本当だとしたらだけどな。ただ、それをいま確認する方法はない」

鷹央は後頭部で両手を組むと、そのまま勢いよくベッドに横になった。

「いまの時点ではまだまだ情報が足りない。今後に起こることを見極め、そして臨機応変に対応していくことが大切だ」

「これからなにかが起こると先生は思ってるんですか？」

僕の質問を聞いた鷹央は、シニカルに唇の端を上げる。

「逆に、もうなにも起こらないとでも思っているのか？」

5

「あー、腹が減ったな」

シャツに包まれた腹部をさすりながら、鷹央は大きな欠伸《あくび》をする。

九頭龍零心朗の屋敷に来て二日目の朝、午前八時になったのを見計らって、僕たちは部屋を出て一階にあるリビングへと向かっていた。

昨日解散する際に、夜はまとまってそれぞれの部屋にこもり、午前八時になったらリビングへと集まると全員で決めていた。

背後から足音が響いてくる。振り返ると燐火が小走りに近づいてきていた。

「鷹央、おはよう。元気そうで良かった。夜に連続殺人鬼に殺されちゃったりしてたらどうしようって心配してたの」

背後から抱きつかれた鷹央は「縁起でもないこと言うなよ」と燐火を振り払った。

自分だって似たようなこと、昨夜言っていたくせに……。

内心で突っ込みながら、燐火に続いて長谷川と桃乃が姿を現したことに、僕は安堵の息を漏らした。

「特に問題はありませんでしたか？」

僕が質問すると長谷川は少し疲れた表情で、「はい」とうなずいた。

「私たちはもちろん、旦那様にも特に異常はありませんでした。小鳥遊先生に昨日処置していただいた傷口は、今朝、奥様が包帯を取り替えました」

「そうですか。それは良かった」

僕が笑みを浮かべると、長谷川たちの背後から壱樹、双葉、参士の三人もやってくる。三人とも特に異常はないようだ。

そのとき、リビングの扉が勢いよく開き、味元と法川が顔を覗かせた。

「お、皆さんお揃いですね。それじゃあ、早速朝食を作っちゃいましょうかね」

味元が明るい声で言う。どうやら法川と一緒に一足先にリビングにやってきて待っていたようだ。

「そうですね。味元さんお願いします」

燐火が言うと味元は、「了解です、燐火さん」と頷き、リビングから出てダイニングに向かおうとしたところで足を止める。

「あの、長谷川さん、ちょっと一緒に来てもらえませんか？　食料庫にあのロボットがいるじゃないですか。一人でいくのはなんと言うか不気味というか……」

零心朗の悲願であるロボットを悪く言うことは憚《はばか》られるのか、味元は歯切れ悪く長谷川に声をかけた。長谷川は「もちろんですよ」と目元にしわを寄せ、味元とともにダイニングへと向かう。

「ねえコックさん」

ダイニングの扉に手をかけた味元に近づいてきた双葉が声をかけた。

「あなた、色々な料理ができるのよね。リクエストとか受け付けてるのかしら？」

「はい、もちろんです。朝食のメニューでなにか希望はございますか？　卵料理の種類など……」

「ううん、朝はどうでもいいの。私そんなに朝食は食べないから。ただお昼に山菜料理とか食べたいわね。せっかく久しぶりに高原地域に来たんだから。それに庭に大きな菜園もあるし。とれたての野菜って美容に良さそう……」

　双葉のリクエストに味元は「承知しました」と頭を下げた。

「では、お昼は季節の山菜の天ぷらなどいかがでしょう？」

「あら、いいわね。おいしそう！」

　双葉は胸の前で両手を合わせた
「美容のためなら、お前は野菜を食べることよりもカロリーを控えた方が効果的なんじゃないか？」

　鷹央が不思議そうな声で言う。

「天ぷらなんて油の塊を食べたら、もともと丸い体がさらに……」

　双葉の目尻がつり上がっていくのを見て、僕は慌てて背後から鷹央の口を押さえ、そのままリビングへと引きずっていく。手のひらの下で鷹央がギャーギャーとなにか言っていてよく聞き取れないが、間違いなく僕に対する罵詈雑言《ばりぞうごん》だろう。

　ふと見ると、すぐそばにいる燐火が殺気の籠った鋭い眼差しを僕に向けていた。どうやら鷹央と仲良くしているようにでも見えて、嫉妬されているようだ。

上司の尻拭いをしているだけなんだけれど……。

肩を落としつつ、僕は鷹央をリビングへと引きずり込んで、手を離す。同時に鷹央にすねを蹴られた。

「そろそろ、本気でセクハラで訴えるぞ！」

「そっちは暴行罪じゃ……」

すねの痛みに耐えながら反論しかけたとき、遠くから男の悲鳴が聞こえてきた。僕と鷹央は同時に勢いよく振り返る。

「いまの声って、味元さん？」

「食料庫だ！　小鳥、舞、いくぞ！」

誰よりも早く走り出した鷹央に、僕は床を蹴って慌ててついていく。零心朗の子供たちが立ち尽くしているホールを横切り、僕たちはダイニングに入る。

「あっちだ！」

キッチンへと続く扉を指さした鷹央は、足を緩めることなく進んでいった。

勢いよく扉を開けると、その奥には数十人分の料理は作れそうな広々としたキッチンが広がっていた。奥にある食料庫の扉が開き、その前で味元が腰を抜かし、長谷川が立ったまま硬直している。

二人の姿を見て僕は安堵の吐息を漏らす。もしかしたら昨夜の零心朗と同じように、ロボットに襲われ、重傷を負ったのではないかと恐れていた。しかし、一見したところ二人に怪我はなさそうだ。

「どうしたんですか？」

駆け寄った僕が声をかけると、味元は震える指先で食料庫の中を指さした。そちらに視線を向けた僕は目を疑う。

昨日、零心朗の部屋で血塗《ちまみ》れで佇んでいたロボットが、破壊されて倒れていた。ドーム状の頭部は叩き割られ、中に納められていたであろう大量の電子部品が胴体部から引き抜かれている。様々な色のコードの露出している姿は、まるで腸管が引きずり出されているかのようだった。

「ドアを開けたらロボットがこんな状態に……」

味元はかすれ声を絞り出す。

「誰が、なんでこんなことを？」

呆然《ぼうぜん》と立ち尽くす僕の耳に、鷹央のどこか楽しげなつぶやきが届いた。

「これは予想外だ。殺人事件は起こらなかったが、代わりに殺ロボット事件が起きるとはな」

第二章　容疑者、天久鷹央

1

「問題は、犯人がなぜあのロボットを破壊したかだな」

柔らかそうなソファーに腰掛け足を組んでいる鷹央《たかお》が、左手の人差し指を立てて声を上げる。

その場の人々の視線が鷹央に集まった。

食料庫で破壊されたロボットが発見されてから、すでに一時間以上が経《た》っていた。『殺された』のが人間ではなく機械ではあったが、一応器物破損の事件現場ということでロボットの残骸はそのままにして、納められていた食材のうち必要な分だけを取り出して食料庫は封鎖されていた。

ロボット破壊の事件現場のそばで、一人で調理するのは不安だと味元《あじもと》が怯《おび》えていたため長谷川《はせがわ》がキッチンで料理の手伝いをし、燐火《りんか》と桃乃《ももの》は零心朗《れいしろう》の安全のため、彼の部屋へと向かった。

それから三十分ほど経ち、混乱もようやく収まってきた頃、味元と長谷川がサンドイッチなどの軽食をリビングへと運んできた。

「本当ならもっと豪華な朝食を用意するつもりだったんですが、あんなことがあったので、軽いものしか作れませんでした」

申し訳なさそうに言う味元を、「仕方ないですよ。気にしないでください」と慰めた僕たちは、燐火と桃乃を呼んでそのままリビングで朝食を取ることにした。

ダイニングのように大きな食事用のテーブルはないものの、広さとしては、このリビングの方がはるかに大きい。革張りのソファーや、アンティーク調のローテーブル、レンガで組まれた暖炉、果てにはジュークボックスやビリヤードテーブルまで置かれていて、リラックスして過ごすのに適した空間になっている。しかし、昨夜の刺傷事件に今朝のロボット破壊事件と不吉なことが立て続けに起きている状況では、とてもリラックスなどできるわけがなく、皆、どこか落ち着きなく軽食を食べていた。

そんな中、（カレースパイスを大量に振りかけた）サンドイッチを食べ終えた鷹央が、急に張りのある声で今朝の事件の話をはじめたのだった。

「いきなりなんの話だよ」

ビリヤード台に寄りかかるようにしながらサンドイッチを頬張っていた参士《さんじ》が、不機嫌を隠そうともしない口調で言う。

「なんの話って、今朝の殺ロボット事件の話に決まっているだろう。誰が、なんのためにあんなことをしたのかを推理するために、まずは話を聞いて情報を集めないとな。せっかく全員が集まっているんだから」

鷹央が左手の人差し指を左右に振った。

「なんの権限があって勝手にこの場を仕切ってんだ？　くだらない探偵ごっこなんかに付き合ってられるか！」

参士が声を荒らげる。鷹央は「なんの権限？」と、猫を彷彿《ほうふつ》させる大きな目をすっと細めた。

「もちろんこの屋敷の主人である九頭龍《くずりゅう》零心朗に、探偵役として指名された権限だ」

参士の口から「うっ……」といううめき声が漏れた。

「理解したようだな。私がその『探偵ごっこ』をしなければ、お前が喉から手が出るほど欲しがっている九頭龍零心朗の遺産は全て慈善団体に寄付されることになるんだぞ」

ビリヤード台の周りにいた零心朗の三人の子供たちの表情がこわばり、燐火と長谷川も緊張した面持ちになる。

　鷹央は足を組み、ソファーの背もたれに体重を思いっきりかけてふんぞり返ると、勝ち誇るように言う。

「さて、それではあらためて『探偵ごっこ』をはじめようかと思うが、異存はあるかな」

　誰も反論しないのを確認して、鷹央は満足げにあごを引いた。

「さっき言ったように、まず考えるべきは、犯人がなぜあのロボットを破壊したかだ。それによって、犯人像が大きく変わってくる」

「なんで壊したかって、やっぱり怖かったからじゃないですか？」

　鴻ノ池《こうのいけ》が手を挙げる。

「本当にあのロボットが零心朗さんの足を刺したか分かりませんけれど、少なくとも血まみれで被害者のそばにいたのは間違いありません。どんな機能が備わっているかもはっきりしないし、自分の安全を確保するために電源が落ちているうちに壊そうとしたとかじゃないんですか？」

「そう、それが考えうる動機の一つだ。そしてその場合、ここにいる全員が犯行に及ぶ可能性がある。ロボットより自分たちの安全の方が大切というのは、誰にとっても当然だろうからな」

　鷹央は大きく両手を広げる。リビングにいる人々がお互いに顔を見合わせた。

「動機の一つということは、自分たちの安全の確保の他にも、ロボットを壊す理由があるということですか？」

法川《のりかわ》が緊張した声で訊《たず》ねる。

「ああ、そうだ。次に考えられる動機、それは復讐《ふくしゅう》だ」

「復讐？　誰の復讐だって言うんですか？」

法川の眉間にしわが寄った。

「決まっているだろ。九頭龍零心朗の復讐だ」

鷹央は暖炉の近くにいる燐火に横目で視線を向けた。

「まさか鷹央、私を疑っているの⁉」

燐火の表情が険しくなる。

「別に積極的に疑っているわけじゃない。ただ、今はありとあらゆる可能性を検討している状況だ。もしあのロボットが本当に九頭龍零心朗の足を滅多刺しにしたとしたなら、お前はあのロボットをめちゃくちゃに破壊したいと思うんじゃないか？」

鷹央の言葉に燐火は口を固く結んで黙り込んだ。代わりに、燐火のそばにいた桃乃が抗議するように声を上げる、

「だからって奥様を疑うなんて。天久《あめく》先生と奥様はお友達なんですよね」

「私と親しいかどうかで真実が歪められていいわけがないだろう。私はただ客観的な

事実を集め、それをパズルのように正しい位置に組み合わせていき、真実の姿を浮き上がらせていくだけだ」

全く迷いのない鷹央の口調に、桃乃は気圧《けお》されたかのように一歩あとずさった。

「そもそも復讐という動機であれば、燐火ほどではないがお前とそこの執事、あとはシェフが犯人だという可能性もある。こんな山奥で専属で働いているということは、かなりいい労働条件を提示されているだろうからな。強い忠誠心が復讐心に変化することは十分に考えられる」

顔をこわばらせる使用人たちを見渡した鷹央は「ただ……」と低い声で付け足した。

「一番疑わしいのは、最後の動機だ」

「最後の動機？　それってなんですか？」

僕が訊ねると、鷹央は「証拠隠滅だ」と口角を上げた。

「昨夜、部屋に誰もいない間に起きた九頭龍零心朗に対する傷害事件。もし何者かがあのロボットを操ることで九頭龍零心朗を殺そうとしたのなら、今後、あのロボットを詳しく調べられることで、その証拠が出てきてしまうかもしれないだろ」

「だからロボットを壊して調べられないようにしたっていうことですか？」

「ああ、その可能性は十分にある。頭部が破壊され、中の配線まで引き出されているのは、ロボットに対して強い怒りを覚えた人物による犯行に見える。しかし、見方を変えると頭部にあった電子回路や記憶媒体など、解析に必要な部品を徹底的に破壊したともいえる」

鷹央はビリヤード台のそばでたむろしている、零心朗の子供たちに視線を向ける。

「なによ。私たちが一番疑わしいっていうわけ？」

双葉《ふたば》が声を荒らげた。

「そんなこと誰も言っていないだろ。これまでの話を総合するとここにいる全員が、身の安全のため、復讐のため、そして、証拠隠滅のためと、動機こそ違うものの、あのロボットを破壊する理由があったということだ」

「容疑者は絞れない、ということか」

壱樹《いっき》の指摘に鷹央は「その通りだ」とあっさり頷《うなず》いた。

「じゃあ、この茶番はなんだったんだ？」

参士が苛立《いらだ》たしげにビリヤード台を平手で叩《たた》いた。バンっという大きな音が響き渡る。

「現在までの状況をまとめて発表したんだよ。せっかくこの場に全員が揃ったからな」

鷹央は楽しげに言った。心なしかいつもよりテンションが高い気がする。もしかしたら、山奥の洋館というクローズドサークルで推理を披露するという、本格ミステリ小説にありがちなシチュエーションに興奮しているのかもしれない。この人、かなり重度のミステリマニアだからな。なんかこの状況を楽しんでいるふしがあるし……。

僕がそんなことを考えていると、「ああ、馬鹿らしい」と吐き捨てるように言いながら、双葉が出入り口へと向かっていく。

「あの、どちらに？」

長谷川が訊ねると、双葉は「自分の部屋よ！」と顔をしかめた。

「それとも私たち容疑者はどこかに移動するのにも許可がいるの？　監禁でもされているわけ？」

「滅相もございません」長谷川は慌てて首を横に振った。「お食事がお済みでしたら、どうぞお好きな場所でおくつろぎください。ご自身のお部屋以外にもこのリビングルームや庭園などご自由にお入りください」

慇懃《いんぎん》に話す長谷川だが、そのセリフには言外に、指定された場所以外には行かないようにという指示が含まれていた。それを感じ取ったのか双葉は大きく舌を鳴らすと、ドスドスと重い足音を立ててリビングを後にする。壱樹と参士もそれに続いて姿を消した。

「それでは、私は辻堂《つじどう》さんと共にご主人様のお部屋で待機しております」

うやうやしく頭を下げた長谷川が桃乃を引き連れて出て行く。おそらく零心朗を傷つける可能性のある三人が自由に動き出したのを見て、主人を守ろうとしているのだろう。

「あー、なんだよ。まだ動機についての説明しかしていないのに。本当ならここから各々のアリバイについてじっくり話し合いたかったんだけどな」

唇を尖《とが》らせた鷹央は、まあいいか、と肩をすくめた。

「アリバイと言っても犯行時間ははっきりしていないからな。同じ部屋にいた奴《やつ》らが寝ている間に部屋から忍び出て、食料庫にあるロボットを壊すことは、この屋敷にいる全員に可能だっただろうし」

「つまりまだ、ロボットを破壊した犯人も、昨日零心朗さんの足を刺した犯人も、誰だか全く絞り込めてないということですね？」

当てつけるような法川の言葉に、鷹央はあっさりと、「ああ、そうだ」と認める。

「さっきも言っただろ。今はまだ情報をできる限り集めるフェーズだ。真実の青写真を浮かび上がらせるのは、さらに情報収集が進んでからだ。というわけで行くぞ、小《こ》鳥《とり》、舞《まい》」

鷹央はサンドイッチのマヨネーズがついた指を舐《な》めると、勢いよくソファーから立ち上がる。

「行くって、どこにですか？」

僕が訊ねると、鷹央は楽しそうに目を細めた。

「屋敷の隅々まで探検するんだよ。クローズドサークルもののミステリの定番だろ」

「はいはい、そうですね」

やっぱりこのシチュエーションを楽しんでいたのか。呆《あき》れながら僕が適当に相槌《あいづち》を打つと、鷹央はリビングから出ようとしたところで足を止め、振り返った。

「おい燐火、お前もついて来いよ」

つまらなそうに佇《たたず》んでいた燐火は一転して目を輝かせると、「私もいいの？」と軽い足取りで近づいてくる。

「いいに決まっているだろう。というか、この屋敷のことを詳しく知る住人がいないとなにかと不便だ」

「了解了解、私が案内してあげる」

勝ち誇ったかのような口調で言いながら燐火は僕に流し目をくれて、ふふんと鼻を鳴らした。

なんでいつのまにか僕はこの美女にライバルのような扱いを受けているのだろう？

モヤモヤとした思いを胸に抱えつつ、僕は並んで歩く鷹央と燐火の後について行った。

2

「そしてここが私と九頭龍先生、夫婦の寝室よ」

二階の奥、零心朗の病室兼書斎よりさらに奥にある部屋の扉を開きながら、燐火が明るい声で言う。

二時間ほど前にリビングを出た僕たちは、燐火に先導され屋敷を隅々まで案内されていた。すでに見たダイニングやリビング、玄関とそこから続くホールなどだけではなく、暖炉用の薪や日常品を保管している倉庫、万が一のときのための非常用発電機まである機械室、零心朗が昏睡《こんすい》状態になる前に使用していた大量のモニターがある研究室と、それらを制御するために必要なスーパーコンピューターが置かれているコンピューター室、さらには長谷川、桃乃、味元ら使用人たちが使っている私室まで、本人たちの許可を取って見せてもらっていた。

鷹央は案内された場所を一つ一つ徹底的に調べあげた。

さすがに使用人たちの個室（具体的には桃乃の部屋）で、タンスを開けて下着を取り出そうとしはじめたときは、「それはダメです！」と、僕と鴻ノ池で慌てて止めたが、放っておけば全員の私物をひっくり返しかねない勢いで、鷹央は屋敷の探索を続けていった。

昨日この屋敷に来て捜査の依頼を受けたときは、全くやる気がなかった鷹央だったが、人里離れた山荘で起きた植物状態の大富豪の刺傷事件、そしてその容疑者（？）であるロボットの破壊事件と、立て続けに不可解な事件が起きたことで、完全に捜査にのめり込んでいた。

まあ、それも当然だろう。偏愛する本格ミステリ小説の中に迷い込んだかのようなシチュエーションで、自らの無限の好奇心を満たし、日頃から持て余し気味な頭脳を十分に発揮する機会に恵まれているのだから。

普段は病院の屋上に建っている自分の〝家〟で冬眠中のカエルのように引きこもっている鷹央だが、ひとたび不可思議な事件を前にすると、その小さな体からは想像できないほどのエネルギーで活動をはじめる。

今日も燐火に案内されたあらゆる場所で、ときには這《は》いつくばり、ときには僕に肩車させたりして隅々まで調べ上げ、さらに部屋の大きさを歩数で正確に測ることまでしていた。そのせいでそれほど大きな屋敷ではないというのに、探索に想像以上の時間がかかっており、さすがに付き合わされるこちらとしても疲れてくる。無意識に大きなため息が口から漏れた。

「ため息をつくと幸せが逃げていきますよ」

隣に立っている鴻ノ池が古臭い格言を口にする。

「最近の研究では、ため息をついた方がリラックスできて、ストレスホルモンのコルチゾールの値が下がるってエビデンスが出ているんだよ」

「うわー。理屈っぽい。そういうこと言うと、本当に女性にモテないからやめたほうがいいですよ」

「……マジな口調で否定するのやめてくれ」

僕は肩を落とす。ただでさえものすごく好みのタイプの女性である燐火に、なにかにつけて敵視され落ち込んでいるのに、さらに男性としての魅力を否定されたら、下がっているテンションが地の底まで落ちて行ってしまう。

「ああ、そんなに落ち込まないで。小鳥先生はとっても魅力的ですよ。優しくてお人《ひと》好《よ》しなのに正義感が強くて……」

さすがに哀れに思ったのか、鴻ノ池が頭を撫《な》でてくる。

「ただ、それってあくまで人間としての魅力であって、女性にとっては『単なるいい人』で終わって、恋愛対象にはならないことが多いんですよね」

「慰めるふりしてさらにいたぶるのはやめろ！」

半泣きになりながら僕が抗議すると、鴻ノ池は「そんなつもりじゃなかったんですけど……」と申し訳なさそうに頭を掻《か》いた。

「けど、まだ二時間一緒に捜査したぐらいで、ちょっと疲れすぎじゃないですか？

いくら三十路《みそじ》とはいえ、体鍛えているのに……」

「普通は二時間も動き回ったら疲れるもんなんだよ。お前みたいに動力源に原子炉積んでそうな永久機関と一緒にするな」

「原子炉ってなんですか、人を化け物みたいに。まるで私が動き回るたびに放射性物質を撒《ま》き散らす怪獣とかの、迷惑な存在みたいじゃないですか」

……その通りだぞ。内心で端的に突っ込みながらも、僕はいつも以上に疲れている理由に気づいていた。燐火からのプレッシャーだ。この二時間、燐火は横目で僕の様子を窺《うかが》ったり、鷹央に僕が声をかけようとすると露骨に話を遮ったりしてくる。彼女から受ける圧力のせいで緊張が途切れることなく、疲労がじわじわと蓄積していくのを感じていた。

「なるほど、ここがお前たちの部屋か」

九頭龍夫婦の寝室に入った鷹央が、部屋を見回した。豪奢なキングベッドのある寝室。しかし、鷹央が注目しているのは部屋の隅に置かれた小ぶりなアンティーク調のデスクと、そのそばにある大きい本棚だった。

ゆっくりと本棚に近づいた鷹央は、収められている背表紙に触れていく。僕も鷹央の肩越しに本棚に収められている書物を見た。その大部分が神経内科学についての英語の専門医学書だった。

「九頭龍零心朗が神経内科学に言及したことはなかった。ただ、お前は違うな」

鷹央は振り返って、出入り口の近くで佇んでいる燐火に声をかける。

「お前は学生時代もずっと神経内科医を目指していた。神経内科が扱う疾患の多くは、根本的な治療法がない難病だ。その治療法を研究するのが将来の目標だとお前は言っていた。そうだったよな」

「……そんな夢もあったわね」

燐火は懐かしそうに目を細めた。

「なぜその夢を諦めた？　なぜこんな山奥に籠るような生活を選んだんだ？　極めて難解な専門書がこれほど寝室に収められているということは、お前はまだ神経内科学の研究に未練を残している」

鷹央は燐火を見つめたまま話し続ける。

「コンピューターをメインに使う九頭龍零心朗の研究は、どこであろうとそれほど場所を選ばない。だが、神経内科の研究はそうじゃない。実際に患者の診察をして、神経内科医としての実力を高めた上で、さらに様々な基礎研究ができる施設で学ぶ必要がある。それには帝都大の神経内科学講座に入局する、もしくは海外の研究施設へ留学するのが最も合理的な道だったはずだ。けれどお前はそれを選ばず九頭龍零心朗とこの山奥に籠ることを選んだ。それはなぜなんだ？」

「うーん、困ったな」

燐火は、はにかみながらこめかみを掻いた。

「もちろん、神経内科の基礎研究に未練がないわけじゃない。けれど私にとってはここに来て九頭龍先生のそばにいるのが一番良かったの」

「なぜ？　自分の類まれなる才能を発揮することを諦め、ずっと願っていた夢を捨てるほどの理由があったのか？」

「ええ、あったわよ」

燐火は少しだけ寂しそうな笑みを浮かべた。

「けれど、それを説明してもきっと鷹央には理解してもらえない。だから私は言わない」

「……愛とかそういうものか？」

鷹央の問に、燐火は「そうね」と思わせぶりな笑みを浮かべた。

「お前と別れてからの数年間で、私も色々と人間の感情について学んできた。今ならある程度理解できるかもしれない。だから話してみてくれないか」

真剣な表情の鷹央を、少し離れた位置から僕は黙って見つめる。

去年出会ってから今日までの一年数ヶ月で、僕が内科医として成長したように、鷹央も人間として大きく成長した。人の気持ちを慮《おもんぱか》ることが困難な彼女が、それでも精一杯他人の気持ちに寄り添おうと努力してきた姿を、僕はずっとそばで見てきた。だから叶うことなら燐火に胸の内を語って欲しかった。今の鷹央なら燐火の気持ちを理解し、そしてその思いを彼女なりに受け止めることができると信じているから。

十数秒間悩むような素振りを見せたあと、燐火はなぜか僕に一瞥《いちべつ》をくれ、「うーん……やっぱりダメ」と首を横に振った。

「私にとって九頭龍先生、そして、あなたに対する気持ちはとても大切で重いものなの。ずっと胸の中にしまっておきたいぐらい大切なもの。だからいくら鷹央にでもそう簡単に伝えることはできない」

その端整な顔に哀愁を漂わせながら、燐火は微笑《ほほえ》んだ。

「……そうか、分かった。おかしなことを聞いて悪かったな」

鷹央がどこか寂しそうに頷くと、燐火は「ただし」と付け加えた。

「もし鷹央がこの事件を解決してくれたら、私の大切な九頭龍先生に誰があんなことをしたのか解き明かしてくれたなら、そのときは教えてあげる。私があなたたちに対してどんな感情を抱いていたのか。悪くない取引だと思わない？」

「ああ、確かに悪くない取引だ」

鷹央は唇の端を上げると、他の部屋でもやったように歩数を数えて部屋のサイズを調べていく。

「奥行きが五・四メートル、幅が六・二メートルか。なるほど、なるほど……」

鷹央は口元に手を当ててつぶやく。

「さっきからずっと家のサイズを測っているけど、見取り図ならあるわよ。持ってきた方がいい？」

燐火の提案に鷹央は首を横に振った。

「見取り図じゃ意味がない。そこに載っていない空間を探しているんだからな」

「載っていない空間？」

燐火は小首を傾げる。

「そうだ。昨夜、辻堂桃乃や九頭龍参士が説明したように、あのロボットが遠隔操作や時間差での操作ができないと仮定した場合、誰にも九頭龍零心朗の足を刺すことができないという結論になる。そこから考えられる仮定の一つは、この屋敷にまだ私たちが知らない誰かが潜んでいるというものだ」

「どこかに隠し部屋がないのか探っていたっていうわけね。そんなことあるわけないじゃない。私はもう一年半以上をここで生活しているのよ」

燐火の声に呆れの色が混じる。

「それは秘密の空間を否定する理由にはならない。そもそもお前が本当のことを言っているかどうかの確証はないからな。全ての可能性を検討するのが名探偵というものだ」

自分のことまで疑われ、燐火が機嫌を損ねるのではないかと危惧したが、彼女は「鷹央は本当に変わらないわね」と苦笑を浮かべるだけだった。

よく考えたら、もともと恋愛関係だったのだから、鷹央の性格を完全に理解しているのだろう。

というか鷹央先生、学生時代はもっと唯我独尊だっただろうからな。燐火さん、よくこんな人と交際できたな。色々と苦労も多かっただろうに。

僕がこっそり同情していると、鴻ノ池が手を上げた。

「それで、秘密の部屋は見つかったんですか？」

「いや、ないな」鷹央は即答する。「案内された場所、全てのサイズを測って、頭の中で見取り図を作ってみたが、特に怪しいスペースなどは見つからなかった。というわけで、隠し部屋があるという可能性はかなり低いと言わざるを得ない」

「つまり、僕たちの知らない誰かがこの屋敷に潜んでいるわけではない、ということですか？」

「断言はできないが、積極的に疑う状況じゃなくなったな。というわけで次に行くか」

鷹央は踵《きびす》を返すと、さっさと一人で部屋から出て行ってしまう。

「次って、どこに行くんですか？　屋敷の中はあらかた確認したような気がするんですけれど……」

「中を見終わったら外を見るに決まってるだろ」

鷹央は歌うように楽しげに言うと、「早くついてこい」と僕たちに向かって手招きをした。

3

屋敷の正面玄関を出た僕は、目の前に広がる美しい光景に息を呑《の》む。

昨日とは打って変わって空は晴れ渡り、まばゆい陽光が広々とした庭園に降り注いで、色とりどりの花々を美しく浮かび上がらせていた。

曲がりくねった遊歩道の途中に置かれたベンチには法川が腰をかけ、庭園の一部に広がっている畑には味元の姿があった。

「おお、晴れていると綺麗《きれい》なもんだな」

鷹央は、光に敏感な目を眩《まぶ》しそうに細めながら言う。

「あら、鷹央にもこういう自然の美しさが分かるようになったのね。昔は全然興味なかったのに、変わったわね」

燐火がからかうように言った。

「人間は成長し、そして常に変化するものだ」

得意げに鷹央が薄い胸を張ると、燐火は目を細めた。

「定期的に来てくれる庭師さんの腕がいいから、どの季節でも綺麗な花が咲いているのよ。私のお気に入りの場所。天気がいい日はここで医学書を読んだりしているの。技術職である外科とは違って、内科医は知識さえあれば医師としての実力をキープできるからね」

そうだろうか？　燐火の言葉に僕は疑問を覚える。

外科では実際に手術の場に立って手を動かす実践経験がなによりも重要なことは、元外科医として完全に同意だ。しかし、この一年以上、鷹央の元で内科学・診断学を学んできて、内科なら知識さえあれば務まるとは全く思わなかった。

実際に患者から話を聞き、聴診、触診などで情報を得て、そのうえで必要な検査を行って疾患を絞り込んでいく。そして診断を下したら、患者とコミュニケーションを取りながら最善の治療を模索していく。それが僕が統括診断部での日々で学んできた内科医というものだった。

僕が大学から派遣されてくるまで、統括診断部はうまく機能していなかったらしい。

鷹央は院内で孤立し、そしてその素晴らしい診断能力を発揮することができずに苦悩していた。

もし知識だけで内科医としての実力が決まるのなら、誰よりも知識と知性に勝る鷹央が、そんな苦しみを味わう必要はなかったはずだ。

「……そうだな、知識をつけることはいいことだな」

鷹央は曖昧に答えると、ゆっくりとした足取りで遊歩道を進みはじめる。

「ただ私はこういうところで勉強するのは落ち着かないな。暗くて静かなところの方が集中して勉強ができる」

「やっぱり、あんまり変わっていないかも」

燐火の顔に苦笑が浮かんだ。

「そういえばあなた、学生時代、いつもテーブルの下とか、階段の下の物置とかで座り込んで勉強しているから、妖怪みたいな扱い方されてたわね」

昔からそんな暗くてジメジメしていたところを好んでいたのか……。

「うるさいな。生物の習性っていうのはそう簡単には変わらないんだよ」

鷹央は大きくかぶりを振ると遊歩道を進んでいった。

「あー、どうも皆さんお疲れ様です」

畑にいた味元があいさつしながら、額に浮かんだ汗を首からかけたタオルで拭う。

「汗だくになってなにをしているんだ、お前？」

「昼食用の野菜を収穫してるらしいですよ」

味元の代わりに法川が答えた。

「へー。採れたての野菜を使うんだ。楽しみです」

鴻ノ池が呑気《のんき》なことを言う。

「けど今頃食材を採っているのか？　もうすぐ十一時半だぞ。これから料理して間に合うのか？」

「いえ、あらかたの収穫は二時間近く前に終わってるんですよ。天ぷら用の山菜を採り過ぎて、このままだとちょっと油っこくなりそうなので、急遽《きゅうきょ》、さっぱりとしたカプレーゼを追加しようと、トマトを採っているんです。いいモッツァレラチーズがあるので楽しみにしていてくださいね」

「天ぷらにカプレーゼか。和洋折衷っていう感じでいいな。楽しみだ。酒はなにを合わせるかな」

昼から飲む気満々の鷹央がはしゃいだ声を出す。

「期待してもらって嬉《うれ》しいです。……できればカレー粉をかけないでもらえたらもっと嬉しいんですけれど」

複雑な笑みを浮かべた味元は、みずみずしい赤色をしたトマトが入った籠を抱えて畑から遊歩道にやってくると、「それじゃあ十二時半ぐらいには用意できると思うので」と一礼して屋敷へと戻って行った。

「天ぷらならやはり日本酒か。けれど、カプレーゼがあるということは、ワインも悪くないな。しかし、ワインは料理の色に合わせるのが基本だ。カプレーゼの場合は赤と白、どちらの方が合うのか。二つを混ぜ合わせた色であるロゼワインという手も……」

「鷹央先生、なんか脱線してませんか？」

僕が突っ込むと、鷹央は「ワインよりやはり天ぷらに合わせて日本酒にすべきということか？」と首をひねる。

「違います。お酒の話じゃありません。捜査ですよ、捜査。手がかりを集めるためにこの庭園に来たんでしょ？」

僕が突っ込むと、鷹央は「捜査？　手がかり？」と不思議そうにつぶやいたあと、「あ、そうだそうだ、いまは捜査中だった」と胸の前で手を合わせた。

この人、酒に目がくらんで本気で事件のことが頭から消えちゃっていたのか……。

鷹央は再び遊歩道を進み、ベンチに腰掛けている法川に近づいた。

「お前はこんなところでなにしているんだ？」

鷹央の問いに法川は「なにしてるってわけじゃないですけどね」と弱々しい笑みを

浮かべた。

「気味の悪いことが連続して起きているんで、屋敷の中にいるのがなんとなく怖くて、ここで本を読んでいたんですよ」

法川は文庫本を掲げる。その表紙には『オリエント急行殺人事件』と記されていた。

「おお、『オリエント急行殺人事件』か！　名作中の名作！　ミステリ界の女王アガサ・クリスティの作品の中でも、『そして誰もいなくなった』、『アクロイド殺し』とともに並び立つ最高傑作の一つだな！」

ミステリに目がない鷹央が興奮気味にまくし立てる。

「イスタンブール発カレー行きの、走行中のオリエント急行というクローズドサークルの中で起きた富豪の殺害事件。それに挑むは、灰色の脳細胞を持つ名探偵エルキュール・ポワロ。そして、不可能犯罪と思われたその事件の裏に横たわるあまりにも意外な真相。まさに最高のミステリ小説だ。私もまさか犯人が……」

興奮のあまり『あの真相』を口にしそうになった鷹央を、僕は慌てて、「ダメです。ネタバレダメ！」と止める。

鷹央はハッとした表情を浮かべると、いきなり頭頂部が見えるほど深々と法川に頭を下げた。

「すまない。ミステリマニアとしてありえない愚行を犯すところだった。『オリエント急行殺人事件』のネタバレをしたら、腹を切ってお詫《わ》びをしなければならないところだった」

「い、いや……、そこまで気になさらないでくださいよ……」

あまりにも暑苦しい、というか危なっかしいほどの鷹央のミステリに対する思いに怯えた表情を浮かべながら、法川は胸の前で両手を上げる。

頭を上げた鷹央は「ところで、ちょっと尋ねたいことがある」と一転して落ち着いた口調で言った。

「お前は朝食の後の二時間強、ずっとここで本を読んでいたんだな？」

「ええ、そうですけど」

「では、その間に庭園にやってきたのは誰だか覚えているか？」

「もちろん覚えていますよ。味元さんと双葉さんだけです」

「九頭龍双葉が来たのか？」

鷹央が確認すると、法川は「はい」と頷いた。

「まず味元さんが、畑で色々な食材を三十分ほどかけて見繕ってから屋敷に戻りました。それから十五分ほど経ってから双葉さんがやってきて、庭園をぶらぶらと散歩していました」

「散歩……。九頭龍双葉は遊歩道を歩いてきただけか？　それとも庭の中に入って行ったか？」

「えーと……」

記憶を探るように法川は視線を彷徨《さまよ》わせる。

「あー、入っていましたね。確か、いまさっき味元さんがいたあたりに佇んでいたのを見た気がします」

「あそこは畑であって花は咲いていない。そんなところで九頭龍双葉はなにをしていたんだ？」

「さあ、私も本を読むことに集中していて、しっかり観察していたわけではないので、なんとも……。いやー、ミステリってあまり読まないんですが、これはなかなか引き込まれますね」

「そうだろ、そうだろう。真相を知ったらもっと引き込まれるぞ。ミステリの魅力に目覚めること請け合いだ。それを読み終わったら是非『そして誰もいなくなった』を……」

「鷹央先生、また脱線してますって」

僕の再度の軌道修正に鷹央は「分かってるよ。うるさいな」と手を振った。

絶対分かってなかったくせに……。内心で愚痴をこぼす僕を尻目に鷹央は小さく咳《せき》払《ばら》いをしたあと、庭園にいくつか走っている細い畦道《あぜみち》に入り、さっき味元が立っていたあたりまで移動する。

「ふむ。夏野菜がかなり生《な》っているな。トマトになす……キーマカレーとか作ったらなかなかうまそう。あとは山菜が中心か。ウワバミソウにフキ、コンフリー、ノビル、さらには山椒《さんしょう》まである。あの執事、なかなか凝ったものを作っているな。昼飯が楽しみだ」

「へー、なんか雑草にしか見えないんですけれど、この辺りに生えている植物、食べられるんですね」

鴻ノ池が唇に指を当てると、燐火が微笑んだ。

「ええ、すごく美味しいわよ。もともと九頭龍先生が山菜料理が好きだったから長谷川さんが育ててくれているものなの。味元さんも定期的に色々な山菜料理を作ってくれるのよ」

「山菜か……」

鷹央は静かにつぶやくと、じっと畑を見つめ続けていた。

4

「うーん、さすがにお昼ご飯食べ過ぎたかもしれない。まだなんとなく胃もたれしてる」

ベッドに横たわった鴻ノ池が腹を押さえる。

「かなりたくさん天ぷらが出たからな。それに全体的にボリュームがあった」

ソファーに腰掛けながら僕は、もう一つのベッドの上で胡坐《あぐら》をかいて腕を組んでいる鷹央に視線を送る。

朝に軽食しか作れなかった分を取り戻すかのように、味元が腕によりをかけて作ったボリューム満点のランチを食べ終わった僕たちは、鷹央と鴻ノ池にあてがわれた部屋に戻った。

それからすでに三時間以上が経っているが、その間、鷹央はずっと今と同じようにベッドの上で無言で考え込み続けている。

こういうときの鷹央は、捜査で集めた情報をその超人的な処理速度を持つ頭の中で咀嚼《そしゃく》し真実に近づこうとしているということを、僕たちは知っていた。なので、僕と鴻ノ池は鷹央の邪魔をしないように、できるだけ黙って、昼食で胃袋に入れたごちそうの消化に集中していた。

しかし三時間も待つと、時間を持て余しはじめる。三十分ほど前から、鴻ノ池が声を抑えめにしつつも、色々と僕に話しかけてきた。自分の世界に完全に入り込んでいる鷹央なら、これくらいの音量なら全く耳に入らないだろうし、僕も僕で黙り込んでいることに疲労を感じはじめていたので、それなりに相手をしはじめていた。

「けどこの事件、解決できるんですかね。私たち明日には東京に戻らないといけませんよ」

「あー、そうだな」

あくまでこの山荘には四連休を利用して訪れているに過ぎない。三日後からは病院での通常業務が始まる。当初の予定では、遅くとも明日の夕方にはこの屋敷をあとにすることになっていた。

「そもそも解かないといけない事件が多すぎません？」

鴻ノ池は顔のそばで指を振る。

「まずは昨日起きた零心朗さんの足が刺された事件でしょ。そして今朝見つかったロボットの破壊事件。その上、半年前に零心朗さんが植物状態になった交通事故の真相まで調べなきゃいけないなんて。あと一日で全部解決ってかなり厳しいと思うんですよね」

鴻ノ池の言う通りだ。三つの異なる事案の真相を解かなければならない。しかも半年も前に起きた交通事故に至っては、それが事件だという確証もない。こんな状態でタイムリミットがあと二十四時間程度しかないのはあまりにも厳しすぎる。普通に考えたらほぼ不可能だ。

ただし……。僕はベッドに座っている年下の上司を見つめる。

この人は決して『普通』ではない。これまで警察ですら全く手に負えなかった不可思議な難事件をいくつも解決してきた。彼女なら様相の異なる三つの事件の裏に広がっている真相を見抜き、その全てを一気に解き明かしてくれる。そんな気がしていた。

「けど、とりあえず零心朗さんの身はもう安全ですよね。昨日からずっと燐火さん、長谷川さん、桃乃さんのうち誰かが常についている状態なんですから」

本格的に退屈に耐えられなくなったのか、鴻ノ池はベッドの上に立つとぴょんぴょんと飛び跳ねはじめた。

「小学生じゃないんだから、ベッドをトランポリンにするな」

僕が腹をさすりながらそうつぶやいたとき、遠くからアラーム音のようなものが聞こえてきた。

「なんでしょうね、この警報みたいなの」

鴻ノ池は両耳に手をかざすような仕草をする。そのとき勢いよく扉が開き長谷川が飛び込んできた。

「大変です！　旦那様が、旦那様の心臓が！　心電図がぐちゃぐちゃで大変なことになって……」

あまりにも焦っているのか、長谷川の説明は支離滅裂で、なにが起きているのか理解できなかった。

「落ち着いてください。どうしたんですか？　零心朗さんになにかあったんですか？」

長谷川の混乱を収めようとできる限りゆっくりとした口調で尋ねるが、彼は「心臓が！　旦那様が！」と、息も絶え絶えに繰り返すだけで、要領を得ない。

「行くぞ！」

いつの間にか自分の世界から戻ってきていた鷹央が、ベッドから飛び降りると出入り口に向かう。

「行くって、零心朗さんの部屋にですか？」

「現場を見るのが一番早い」

確かにそうだ。僕は鴻ノ池と共に鷹央の後を追って部屋をあとにする。

廊下を走り、十数メートル先にある零心朗の部屋の扉を鷹央は蹴破るような勢いで開ける。

「なにがあった！」

鷹央の声が部屋の空気を震わせる。すぐに続いて部屋に入り、鷹央の肩ごしに部屋の中を見た瞬間、僕の心臓が大きく跳ねた。

燐火と桃乃がベッドに横たわっている零心朗に、「九頭龍先生！」「ご主人様！」と必死に声をかけていた。しかし、そのただ事でない様子の二人よりもはるかに僕の注意を引いたのは、けたたましいアラーム音を上げるモニターに表示されている心電図の波形だった。

本来なら一定の間隔で刻まれるはずの心拍を示す波が激しく乱れていた。

不整脈が起きている。しかもかなり重度の不整脈だ。心臓がまともに鼓動していない。おそらく心臓の刺激伝導系の様々な部分で過剰な電気刺激が生じ、心臓の筋肉が不規則に収縮、弛緩《しかん》を繰り返している。

これがさらに悪化したら最悪の場合……。

立ち尽くしていた僕がそこまで考えたとき、その『最悪の場合』が起きた。

それまで、いびつながら一定の形を保っていた心電図の波形が完全にランダムな大きな波となった。

心室細動。全身に血液を送り出す強力なポンプである心室が、細かく痙攣《けいれん》するように震え出す状態。そうなった心臓は、ポンプとしての機能を失い、血液を送り出すことができなくなる。

それは紛れもなく心停止の一つの形だった。

普段、救急で心肺停止患者を日常的に見ている僕は、考える前に体が動き出していた。床を蹴ってベッドに近づくと、鴻ノ池に指示を飛ばす。

「心室細動を起こした。鴻ノ池、心肺蘇生《そせい》をするぞ。僕は心臓マッサージをするから、点滴の側管からアドレナリンとリドカインを一アンプル静注しろ。ＡＥＤの準備も。あと、念のためアトロピンも用意しておけ」

「ラジャーです」

一年以上の初期臨床研修の間、何度も僕と救急部での当直をこなしてきただけあって、鴻ノ池の対応も迅速だった。救急カートに駆け寄ると、そこから素早くアドレナリンとリドカインのガラスアンプルを取り出し、その上部についている蓋を折る。パリンという小気味いい音が僕の鼓膜を揺らした。

「小鳥先生、アトロピンがありません！」

「ならいい。まずはアドレナリンの投与を急げ！」

アトロピンは迷走神経を遮断し、心拍数を上昇させる作用を持っている。心室細動を止めることができたあと、逆に心拍数が極端に少なくなる徐脈が生じた際に必要となる薬剤だ。いますぐは必要ない。

アンプルから鴻ノ池がアドレナリン溶液をシリンジで吸い上げているのを横目に、僕はよじ登るようにベッドに上がると、九頭龍零心朗の胸骨の上に両手を重ね、心臓マッサージをはじめようとする。

次の瞬間、「やめろ」という声が部屋に響き渡った。

零心朗の胸に両手を当てたまま、僕は声がした方向に視線を向ける。部屋の出入り口付近に零心朗の三人の子供たちが立っていた。騒ぎを聞きつけて駆けつけたのだろう。

「なにを言っているんですか？　心肺停止状態なんですよ！」

早口でまくしたてた僕を、壱樹が睨《にら》みつける。

「それがどうした。父は植物状態なんだぞ。そんな患者をわざわざ蘇生させようって言うのか」

言われて僕はハッとする。心臓マッサージをはじめとする蘇生措置はかなり体に負担をかける。命を救うためとはいえ、肋骨《ろっこつ》が骨折し、肺が損傷して、口から血が噴き出すことも少なくはない。

残された時間が少ないことが分かっている末期がん患者や、いまの零心朗のように昏睡状態が続き、回復の見込みがない患者の場合は、たとえ心肺停止状態になっても蘇生処置を行うことなく看取ることは少なくなかった。

「……ＤＮＲということですか？」

僕は壱樹に訊ねる。壱樹は「もちろんだ」と大きく頷いた。

ＤＮＲ。心肺停止時に蘇生処置を行わないという意思表示。患者本人や家族からそれがあった場合、医療従事者は処置を行わず、自然に看取りを行うことになる。

患者の長男である壱樹がＤＮＲを宣言した現状では、一切の処置を行わず、静かに零心朗の命の灯火《ともしび》が消えるのを見守ることが正しい判断だ。

「分かりました。蘇生措置は行いません。ただし……」

僕はベッドのすぐそばで、真っ青な顔で震えている燐火に視線を向ける。

「それは全てのご家族がDNRに納得している場合です。そして最も意思を尊重されるべき家族、それは配偶者。つまりはあなたです、燐火さん」

僕は燐火の名を呼ぶ。燐火はびくりと大きく体を震わせると、おずおずと顔を上げて僕を見た。

うつろな燐火の瞳を僕はまっすぐに覗《のぞ》き込む。

「燐火さん、このまま零心朗さんを看取っていいんですか？ それとも、零心朗さんの命を繋《つな》ぎとめるために蘇生措置を行いますか。決断してください。僕はあなたの指示に、あなたの意思に従います」

僕の呼びかけに燐火の瞳に焦点が戻ってきた。

「蘇生措置を行ってください！ 九頭龍先生を助けてあげてください！」

悲痛な燐火の声を聞くと同時に、僕は勢いよく零心朗の胸骨を押し込み、心臓マッサージをはじめる。視界の端で鴻ノ池が、点滴ラインにアドレナリンを一気に打ち込むのが見えた。

壱樹が大きく舌を鳴らし、双葉と参士が顔をしかめるのに気づきつつ、僕は蘇生措置を続ける。

アドレナリンとリドカインの静注を終えた鴻ノ池が、医療機器が置かれていた棚からAEDを取り出し、僕が一時的に心臓マッサージを止めた零心朗の胸にそのパッドを貼り付ける。

『心電図を調べています。患者に触れないでください。……解析中です。患者に触れないでください』

AEDから人工音声が流れてくる。

『電気ショックが必要です。充電しています』

心電図解析から心室細動を検出したAEDから、再び人工音声が響く。

「電気ショックをします。皆さん離れてください」

鋭く指示をした僕は、燐火と桃乃がベッドから慌てて離れるのを確認すると、AEDの中心にある大きなボタンを押し込んだ。

バンッという重いものがバウンドするような音とともに、三百六十ジュールの電流に撃たれた零心朗の体が大きく反り返る。モニターに表示されていた心電図の波が、AEDの電撃で画面の外へと弾《はじ》き出された。

僕は画面を凝視する。除細動が成功し、正常な心拍に戻すことができたなら、心電図が正常な波形へと戻るはずだ。

画面の外に消えていた心電図のラインがゆっくりと降りてくるのを僕は息を殺して見つめ続けた。画面の中央まで戻ってきたところで、心電図の波形は再び不規則なダンスを踊りはじた。

「心室細動継続！　蘇生処置を続けます。鴻ノ池、三分ごとにアドレナリンとリドカインを注入。心臓マッサージを続けて、充電ができ次第、次のＤＣカウンターを行う」

早口で指示を出しながら、僕は再び零心朗の胸に両手を重ね、体重をかけて胸骨を押し込みはじめた。

しかし、一体なぜ急に心室細動を起こしたのだろう？

零心朗は慢性心不全を患っており、加えて植物状態というかなり全身状態が悪化しやすい状況だった。心臓に負担がかかり限界が来ることは不思議ではない。けれど、いくらなんでもこのタイミングはないだろう。

鷹央が捜査を依頼され、誰もいないはずの部屋で零心朗の足が刺され、そしてその実行犯として最も疑わしかったロボットが破壊された。

あまりにも異常なことが立て続けに起きている状況で、命を狙われていると思われている零心朗が偶然、心停止を起こすなどありえない。これはきっと誰かが意図的に起こしたものだ。

けれど、誰がこんなことができるというのだろう？

零心朗が急変する直前、部屋には、燐火、桃乃、長谷川の三人がいた。この中の誰かが、例えば塩化カリウムなどの心停止を起こす薬物を零心朗に投与したとでも？

いや、それはおかしい。

心臓マッサージを続けながら僕は軽く頭を振る。

この状況でなにかをすれば、まず疑われるのは三人だ。それに燐火たちはこの屋敷で生活をしている。零心朗に危害を加えるなら、わざわざ名探偵である鷹央がいるいまではなく、他のときにすればいい。それならば、もともと植物状態の患者の状態が悪化して死亡したと誰も疑わないだろう。

しかし、この三人が部屋にいる状態で、他の者が零心朗に意図的に心停止を起こさせる、などということが果たして可能なのだろうか。

混乱しながら僕が次の電気ショックのタイミングを見計らっていたとき、少し離れた位置でずっと黙り込んでいた鷹央が唐突に、「なるほどな……」とつぶやいた。

「鷹央先生、なにか分かったんですか？」

早口で訊ねる僕に、鷹央は「説明はあとだ。心マを続けておけ」と指示すると、救急カートを開け、いくつかのサンプルを取り出し、それをシリンジに吸い取っていく。

「すでに心室細動が起きているから、別に急速静注しても問題ないだろうな。よしこれでいいか」

　ひとりごつようにつぶやくと、鷹央はシリンジを点滴ラインの側管に接続し、迷うことなく中身を押し込んでいった。

　透明の液体が点滴ラインを通って、零心朗の手の甲の血管に吸い込まれていく。

「一体なにを投与したんですか？」

　蘇生処置中に使用すべき薬物は決まっている。鷹央がなにを投与したのかが分からなければ、これから蘇生をどのように展開していくか計画ができない。

「だから説明はあとだって。そろそろいま打った薬液が、全身に循環した頃だろう。おい小鳥、一度心臓マッサージを止めろ」

「心臓マッサージを止めるって、ＡＥＤを使うってことですか？」

「いいから一回止めてみろ」

　鷹央は面倒くさそうにかぶりを振る。

　本当にいいのだろうか。半年前の事故ですでに零心朗の脳は低酸素によりかなりダメージを受けている。いま心臓マッサージを止め血流が遮断され脳細胞が破壊されれば、生命維持が困難になるのではないだろうか。

　躊躇《ちゅうちょ》している僕を見て鷹央が静かに言う。

「小鳥、私を信じろ。大丈夫だ」

その言葉を聞いた瞬間、胸にわだかまっていた不安が手のひらに落ちた雪の結晶のように一瞬で消え去った。

この人が大丈夫だと言っているのだ。部下である、いや、彼女の相棒である僕が信じないでどうする。僕はそっと零心朗の胸骨の上に重ねていた両手を引き、モニターを見つめる。

僕の心臓マッサージによって大きく乱れていた心電図の波形が、ゆっくりと零心朗の心臓の動きを表しはじめる。完全に正常な心拍の形に。

「心拍が戻った。心室細動が治った？」

モニターに視線を吸い付けられたまま僕が呆然《ぼうぜん》とつぶやくと、鷹央は得意げに左手の指を鳴らした。

「やっぱりな。これで分かった」

「分かったって、どうして零心朗さんが心室細動を起こしたかがですか⁉」

ベッドから降りながら僕が訊ねると、鷹央は「なに言っているんだ、全部だよ。全部」と、大きく両手を広げる。

「半年前の事故、昨日の刺傷事件、今朝の殺ロボット事件、いきなり起きた心室細動、その全ての犯人と動機、そしてトリックが分かったのさ」

鷹央の高らかな宣言が部屋に凛《りん》と響き渡った。

5

「全ての事件が分かったって、どういう意味ですか？」

一番遅れて味元とともに部屋にやってきていた法川が、驚きの声を上げる。

「そのままの意味に決まっているだろう。四つの事件の犯人とトリックが分かったんだよ。いまちょうど起きている九頭龍零心朗の急変も含めてな」

「急変もって、零心朗さんの心臓が止まったのも、誰かが引き起こしたことだって言うんですか？」

「ああ、その通りだ」

鷹央は迷いなく頷く。

「でも心臓を止めるなんてどうやって？　見たところ、零心朗さんの体には大きな傷みたいなものはありませんけれど……」

味元が頭に手を当てる。

「そんなの簡単だ」鷹央は左手の人差し指を立てる。「毒を使ったんだよ」

ざわりと部屋の空気が揺れた。

「毒……？　親父《おやじ》は毒を盛られたから、いま、心臓が止まったっていうのか？」

ずっと黙っていた参士が声を上げる。

「ああ、そうだ。しかもいまだけじゃない。半年前、九頭龍零心朗が交通事故を起こしたときも、おそらくは同じように毒が盛られ、運転中に不整脈が起きて意識を失った。それによって電柱に激突した可能性が高い」

「ならその三人の誰かが犯人でしょ！」

双葉が燐火たちを指さす。

「だって今日、父さんの部屋に入ったのはそこにいる三人だけよ。なら必然的に犯人は絞り込めるでしょう」

「そうとも限らないぞ。毒という凶器はその性質上、犯行が起きたとき、つまりは被害者が毒を摂取したときに、犯人がその場にいる必要はないからな。それにそもそも摂取してから症状が出るまでかなりタイムラグがある毒も存在する」

「ということは……」

参士が振り返り、後ろに立っている味元に視線を送る。

「ちょっと待ってくださいよ。まさか俺を疑っているんですか？」

「当たり前だろう。お前はシェフだ。お前が作った料理をミキサーでドロドロにして親父に投与しているんだからな。それに親父が事故を起こした半年前も、お前は親父の料理を作っていた。お前が、時間差で作用する毒を親父に盛っていたんだろう！」

参士に糾弾された味元は「違う、俺じゃありません」と必死に首を横に振った。

「おいおい、勝手に話を進めるな。そのシェフが犯人なわけないだろう。少しは頭使えよ」

小馬鹿にするように言う鷹央を、参士は「なんでそう言い切れるんだ？」と睨みつけた。

「当たり前だろう。もし昼食に致命的な量の毒物が混入していたなら、どうして同じものを食べた私たちが平気なんだ？」

鷹央の説明に、参士は「あっ……」と呆《ほう》けた声を出した。

「そのシェフは、料理を客である私たちと、九頭龍零心朗、そして燐火の九人分作っていた。それを給仕したり、ミキサーで流動食にしていたのは執事の長谷川だ。自分が作った料理のどれが九頭龍零心朗の腹に入るか、シェフには分からなかったんだよ」

「シェフと執事が共犯だった可能性はどうだ？　それなら昼食に混ぜることができる」

壱樹が言うと、鷹央はこれ見よがしに大きなため息をついた。

「あのなあ、そもそもこの家の使用人たちや燐火が毒を盛ったとは考えにくいんだよ」

「な、なんでそう言えるのよ⁉」

双葉が声を大きくする。

「燐火と使用人は半年間ずっと寝たきり状態の九頭龍零心朗の面倒を見てきたんだぞ。もし殺したいと思っていたら、そのチャンスはいくらでもある。すでに人工呼吸器を接続しなければ生命維持ができないような状態だ。毒を投与して殺害したとしても単なる自然死として判断されるだろう。わざわざ私という天才が屋敷にいるという、リスクが極めて高いいま、犯行を行う理由がどこにあるって言うんだ？」

僕がさっき考えた内容と全く同じ説明を鷹央は口にする。ただ、僕には少し引っかかる点があった。

「でも、鷹央先生が屋敷にいる間に犯行を行うリスクが高いのは誰でも同じじゃないですか。もし、誰かが意図的に零心朗さんに不整脈を引き起こしたとしたなら、その人物はどうしてよりにもよって鷹央先生がいる今日犯行に及んだんですか？」

「そりゃ、今日じゃないといけない理由があるからさ」

鷹央は思わせぶりに言うと、にやりと不敵な笑みを浮かべた。

「それって、なかなかこの屋敷には来られないからですか？」

鴻ノ池は疑念で飽和した眼差《まなざ》しを、零心朗の三人の子供たちに浴びせる。三人は露骨に顔をしかめた。

「ん？　もしかして舞、そこの三人が今回のように呼び出されないとなかなかこの屋敷に入れないから、チャンスと思って父親を殺そうとしたと思っているのか？」

鴻ノ池が想像していたであろう疑惑を、鷹央はオブラートに包むことなく口にする。

「だとするなら、それは不正解だ。その説明では、そもそもそこの三人が父親を殺害しようとする理由がない。九頭龍零心朗の全身状態はかなり悪く、少し待てば三人とも十分な遺産が手に入ることになっているんだからな」

「じゃあ、燐火さんでも、雇われてる人たちでも、お子さんたちでもないっていうことは、一体誰が零心朗さんを殺そうとしたって言うんですか。あと、残っているのは……」

鴻ノ池はこめかみに手を当てると、味元の隣で様子を窺っている法川に視線を向けた。

「私は関係ないぞ！　私はただ依頼人の遺言を管理しているだけで……」

法川が上ずった声を上げる。

「あー、もうみんな、勝手なことを言うな。ほれ、一回落ち着け」

鷹央はパンパンと両手を合わせる。

「これは、四つもの事件がそれぞれ絡まりあった複雑な案件なんだ。一つ一つ説明していってやるから、おとなしく話を聞け」

この場にいる全員が口をつぐみ自分に視線を注ぐのを確認して、鷹央はやけに満足げに、「さて」とつぶやいた。

ああ、この人、関係者を集めて名探偵が「さて」と説明を始めるシチュエーションができて喜んでいるんだろうな。そんなことを考えている僕の前で鷹央はゆっくりと口を開いた。

「まず最初に確認するべきは、九頭龍零心朗が今日なにを摂取したかだ。確か、昼は私たちが食べた昼食と同じものを、ミキサーで流動食にして胃瘻《いろう》から投与したんだよな？」

鷹央に水を向けられた長谷川は「はい」と頷く。

「私がミキサーで処理をしまして、ご主人様の部屋まで持って行きました。そこで奥様と辻堂さんにお渡ししました」

「私と桃乃さんが、二人でそれを九頭龍先生に投与した。最初から最後まで三十分ぐらいかかったかしら。そうよね？」

燐火が確認すると、桃乃は「はい」と首を縦に振った。

「では、昼食のあと、なにか九頭龍零心朗の体内に入れたものはないか？」

鷹央が確認すると、桃乃は「あります」と答えた。

「いまから三十分ぐらい前に、夕方の内服薬を胃瘻から投与しました」

「その薬の内容や投与方法はいつもと変わらなかったか?」

「はい、変わりませんでした。いつものように、降圧薬、強心薬、抗血小板薬、あと頻尿のお薬を投与しました」

「内容に間違いはないな?」

「間違いありません」桃乃ははっきりと答える。「旦那様の投薬をする際は必ず奥様に一緒に確認していただいております」

「ダブルチェックというわけか」

鷹央は燐火に視線を送る。

「ええ、九頭龍先生の全身状態は、間違って薬を投与したら取り返しのつかないことになるぐらい悪くなっているから……」

燐火は硬い声で答えた。

「薬の管理はどうしている?」

「寝室にある鍵のかかった引き出しでしっかりと保管している。薬を投与するときに私が鍵を開けて引き出しから取り出してここに持ってきている」

「三十分前に投与された薬は、普段から投与されているものだったということだな」

鷹央は満足げに頷いた。

「つまりこの半日ほどで九頭龍零心朗が摂取したものは、私たちと同じ昼食と、普段から内服している薬だということだ」

「それなら父に異常が起こるはずがないだろう」

吐き捨てるように言う壱樹に、鷹央は「なぜそう言い切れる？」と心から不思議そうに訊ねた。

「なぜって、同じ昼食を取った私たちにはなんの異常も起きていないし、飲んでいる薬は普段と同じものなんだから当然じゃないか」

「いや、当然じゃない」

鷹央ははっきりと言う。

「確かに私たちは九頭龍零心朗と同じ昼食を取った。しかし、私たちは九頭龍零心朗が飲んでいる薬は内服していない」

僕はハッと息を呑む。

「もしかして、薬と食べ物の相互作用ですか？」

食物の中には特定の薬と一緒に摂取した場合、その効果を強めたり、逆に弱めたりするものが存在する。

「悪くない仮説だ」

鷹央が少しだけ目を細めたあと、「ただ」と続けた。

「私たちが昼食に食べたものの中に、薬と相互作用を起こすような食物はあったか？」

薬と相互作用を起こすような……。

薬物との相互作用で有名な食物は降圧剤などの効果を強めるグレープフルーツや、ワーファリンという抗凝固薬の効果を消してしまう納豆やクロレラなどだが、昼食の献立にはそれらは含まれていなかった。

「いえ、なかったです」

「そう、薬と相互作用を起こして間接的に薬の作用を変化させるようなものは、昼食には含まれていなかった」

鷹央はそこで思わせぶりに言葉を切ると、楽しげに微笑んだ。

「ただ、『直接的』に作用するものはどうかな?」

「薬と直接的に作用?」

意味が分からず僕はその言葉を繰り返す。

間接的ではなく直接的に内服薬と共に体に作用し、患者に害を与えるということは……。そこまで考えたとき、僕は大きく目を見開いた。

「まさか、食事に内服薬と同じ成分が含まれていたということですか⁉」

僕が声を上げると、鷹央は「その通りだ」とあごを引いた。

「薬は適切な血中濃度であれば利益をもたらすが、過剰に摂取し、血中濃度が上がれば中毒を起こして害を及ぼすことがある」

「それじゃあ、私たちが昼食を食べても平気だったのは、それほどその成分を大量に摂取したわけじゃないから中毒域まで血中濃度が上がらなかったっていうこと？」

燐火が早口で訊ねる。

「まあ、完全に中毒域まで達していなかったかと言うと微妙かもしれないがな。昼飯を食べたあと、私たちはなんとなく胃が重かった。普段バカみたいに大量に飯を食ってもケロッとしている舞も腹を押さえて動けなくなっていたしな」

「バカみたいに……」

僕の隣に立っている鴻ノ池が頰を引きつらせた。それを見て、僕は口を開く。

「いつもバカ食いしてもバカみたいに元気はつらつで暴れ回っている鴻ノ池が動けなくなっていたのは、天ぷらの油で胃もたれしていたからじゃなく、軽い中毒症状だったってことですか？」

「あの……、なんか言葉にトゲがありませんか？」

鴻ノ池はじっとりとした視線を向けてくるが、僕は聞こえないふりを決め込む。普段いいようにからかわれているのだ。このくらいの意趣返しをしてもバチは当たらないだろう。

「その可能性は高いな」

鷹央は首を縦に振る。

「おそらくは中毒で胃腸障害の症状が出ていたのだろう。腸管の動きが悪くなり、そのため、食物が胃で停滞して胃もたれの症状を起こしたんだ」

「な、なんの食材がそんな症状を引き起こしたんですか？　俺、そんなに危険な食材は使っていないはずです」

自分が作った食事が原因で、雇い主が心停止を起こしたと指摘された味元がかすれ声で言う。

「致命的な中毒を起こす食物は、植物であることが比較的多い。植物はアルカロイドと呼ばれる天然の有機化合物を持ち、その中には人間に強い毒性を示すものもある」

「昼食で出した植物って、カプレーゼのトマトと、あとは……」

自らのレシピを口にして思い出していた味元の顔から、血の気が引いていく。

「山菜……」

「そう、山菜だ。トマトのように食用に品種改良を繰り返している一般的な野菜で中毒が起きることは極めてまれだ。一方で、ハイキングなどで有毒性の山菜を摘んで食べてしまい、中毒症状を起こすという症例は少なくない」

「けれど、味元さんが調理してくれた山菜は山で取ったものではありません。私が食用のものを畑で育てたものです。毒が含まれているわけがありません」

味元に代わって長谷川が反論した。

「本当にそうかな?」

鷹央の言葉に長谷川の顔に緊張が走った。

「お前の作った畑ではコンフリーが植えられているだろう?」

「コンフリー?」

鴻ノ池が小首を傾げる。

「コンフリーは、和名をヒレハリソウというムラサキ科ヒレハリソウ属の食物だ。その若葉は癖がなく、多くのビタミンを含むことから、以前は食用として広く使用され、天ぷらやおひたし、和《あ》え物として食卓に出されていた。ただし、コンフリーを大量に摂取することで、肝障害などを起こした症例が海外で報告されるようになり、弱い毒性があることが分かったため、二〇〇四年には日本で食用としての販売が禁止された」

鷹央がコンフリーという山菜についてとうとうと説明をしていくにつれ、長谷川の顔から血の気が引いていった。

「お前だって知っていただろ。コンフリーは、いまは食用にしないように厚労省から勧告が出されていることを」

「……はい、知っていました」

蚊の鳴くような声で長谷川は頷く。

「ただ、ご主人様はコンフリーの天ぷらが好物であったため、個人的に栽培して食べるなら問題はないと考え作っておりました」

「じゃあなんだ、親父はこの執事が作った毒草を食ったせいで死にかけたって言うのか。ふざけるな！　絶対許さねえぞ！　お前のことを訴えて……」

「うるさい。黙れ！」

長谷川を指さして糾弾し始めた参士を、鷹央が一喝する。

「私はコンフリーが原因だ、なんて一言も言っていないぞ。コンフリーの毒性は極めて低く、日本ではほとんど中毒症例は報告されていない。問題はコンフリーに極めて外見が似た植物が持っている毒性だ」

「コンフリーに似た植物……。それってなんなんですか？」

謎の核心に迫っている予感を覚えた僕が前のめりになる。

鷹央は左手の人差し指を振ると、ゆっくりとその植物の名を口にした。

「ジギタリスだよ」

「ジギタリス？」

味元が訝《いぶか》しげに聞き返す。鷹央は「ああ、そうだ」と大きく頷いた。

「ジギタリスはオオバコ科ジギタリス属の植物だ。さっきから、頭の中で畑の光景を再生して確認していたんだ。私は映像記憶の能力があるからな。そうしたら、コンフリーの中にほんの少しだけ、ジギタリスが混ざって植えてあった。ジギタリスは全ての部分に毒性を有しており、摂取すると中毒症状として不整脈や動悸《どうき》などの循環器症状、吐き気などの消化器症状、他にも頭痛、めまいなどの症状が生じる」

鷹央は気持ち良さそうにジギタリスについての知識を吐き出しはじめる。

「ただ、ジギタリスの毒性成分であり、その葉から抽出することができる強心配糖体であるジゴキシンは、適切な容量で使用すると心臓の収縮力を強化し、さらに脈をゆっくりにさせるという薬効を発揮する。それゆえ古くから心不全や頻脈性不整脈の治療薬として使用されてきていた」

「心不全の治療薬ってもしかして……」

鴻ノ池が声を上げると、鷹央は「そうだ」と口角を上げた。

「九頭龍零心朗に投与されている強心薬、それこそがジゴキシン製剤だ」

「それじゃあ、昼食に出たコンフリーの天ぷらの中に、ジギタリスの葉が混ざっていて、それを胃瘻から投与されたせいで零心朗さんの血中ジゴキシン濃度は高くなっていた。その上で、さらに夕方の薬としてジゴキシン製剤を投与されたことで血中濃度が中毒域まで上がったっていうことですか？」

僕は頭を整理しながら言う。

「そうだ。ジゴキシンは血中濃度の薬効を示す治療域と、毒性を示す中毒域がかなり近い。そのためジゴキシン中毒は臨床でよく見られる。様々な臓器に中毒症状が生じるが、特に致命的になるのは心臓の副作用だ。高度の徐脈や二段脈、心室性期外収縮などの不整脈が生じ、そのあと、重篤な房室ブロック、心室性頻拍などに移行し、最悪の場合、心室細動による心停止に至る」

言葉を切った鷹央は、横目でベッドに横たわる零心朗を見る。

「さっきの九頭龍零心朗みたいにな」

「じゃあ、鷹央先生が投与したのはジゴキシンの解毒薬かなにかなんですか？」

鴻ノ池が手を上げると、鷹央は首を横に振った。

「ジゴキシンにこれと言った解毒薬はない。代謝されて腎臓から排出されるのを待つだけだ。ただジゴキシン中毒の際には血中のカリウムが低下し、それが不整脈の治療の妨げになっていることが多い。だから私はカリウム製剤を静注したんだ。本来、塩化カリウムの急速静注は心停止を起こすから禁忌だが、すでに心室細動が起きている今回の場合は問題ないと判断した。予想通りカリウムの血中濃度が上がったことで、心筋の電気活動が抑制され、心室細動を抑えることができたってわけだ」

鷹央は自慢げに自らが行った治療を説明していく。

「待ってください。そんなわけありません！」

長谷川が声を張り上げた。

鷹央は「なにがそんなわけないんだよ?」と眉間にしわを寄せる。

「いくらコンフリーとジギタリスが似ていたとしても、うちの食卓にジギタリスが混入するわけがありません」

「ほう、なぜそう言えるんだ」

鷹央は長谷川に先を促した。

「もし野生の山菜を収穫して食卓に出しているなら、コンフリーと間違ってジギタリスが出る可能性もあるでしょう。けれどうちの屋敷で調理する山菜は、全て味元さんが私の畑から収穫したものです。そうですよね?」

長谷川に水を向けられた味元は「は、はい、そうです」と上ずった声で答えた。

「あの畑に生えているコンフリーは、私が業者から取り寄せた種を植えて作ったものです。そこにジギタリスが偶然混入しているなんてありえません」

「そう、偶然ならありえない。ただし……」鷹央は目を細める。「何者かが意図的に混入させたとしたらどうだ?」

「意図的にジギタリスを混入?」

長谷川の顔に戸惑いが浮かぶ。

「そうだ、畑のコンフリーの中にほんの少し、ジギタリスの苗を混ぜておく。そうしたらどうなる？」

「どうなるって、それは気づかないで収穫してしまうんじゃないかと……」

鷹央の意図を測りかねているのか、長谷川は曖昧に答えた。

鷹央は「だろうな」と唇の端を上げた。

「まさかコンフリーの畑の中に、ジギタリスが混ざっているなどとは気づかないから、一定の確率でこの屋敷の食卓にジギタリスが出ることになる。ただ山菜など、大量に食べるものではないので、普通ならそれだけで中毒症状が出るほど血中のジゴキシン濃度が上がることはない。ただし……」

もったいをつけるように言葉を切ったあと、ゆっくりと続けた。

「一人だけ、少量のジギタリスでも中毒症状を起こしうる人物がいた。心不全に対する強心薬として毎日ジゴキシン製剤を内服していた人物、つまりは九頭龍零心朗だ」

鷹央はベッドに横たわっている零心朗を指さした。

「ある意味、時限爆弾を仕掛けたようなものだな。紛れ込ませたジギタリスがいつ収穫され、そして九頭龍零心朗の体内に入るのか、それは犯人にも分からない。逆に言うと、九頭龍零心朗が毒によって致命的な症状になるとき、犯人はその場にいる必要がないということだ。毒という凶器のメリットを最大限に生かした犯行だな。実際に半年前、九頭龍零心朗が起こした交通事故が毒によるものだとは誰も思わなかった」

「半年前の事故が⁉」

燐火が甲高い声を上げる。

「そうだ。さっき言ったようにジゴキシン中毒では重篤な不整脈が生じることがある。その不整脈で動きが乱れた心臓は血液を送り出すポンプとしての機能が低下する。それにより、脳への血流が減少すれば意識を失う。おそらく半年前、九頭龍零心朗はジゴキシン中毒による不整脈で失神しアクセルを踏み込んだまま電柱に車を激突させてしまったんだ。そういえばドライブレコーダーに『黄色い……』っていう九頭龍零心朗の声が記録されていただろ」

「ええ……」

燐火は小さく頷いた。

「あれもジゴキシン中毒で生じる症状の一つだ。黄視症《おうししょう》と呼ばれ、視界が黄色く染まることがある。画家であるゴッホの絵が黄色がかっていることが多いのは、かつててんかんの治療薬としてジゴキシンが使われていて、副作用で黄視症を起こしていたのではないかという説もある」

「犯人は⁉　九頭龍先生を殺そうとした犯人は一体誰なの⁉」

滔々《とうとう》と説明をする鷹央に摑《つか》みかからんばかりの勢いで、燐火が迫る。

「考えてみれば犯人はだいぶ絞れるだろう。常にこの屋敷にいるお前や使用人なら、わざわざコンフリーの中にジギタリスを紛れ込ませるなんて面倒なことをする必要はない。ジギタリスの葉を食材に混ぜるか、薬の内容を変えてしまえばいいんだからな。そうすると、この屋敷に来たことはあるが、普段はいない人間ということになる。さらにコンフリーとジギタリスが極めて似ていると知っていて、かつジギタリスを手に入れ、それをしっかりと育つように畑に植える知識を持っていなければならない。植物学の知識をな」

全員の視線が、植物学者である九頭龍双葉へと注がれる。

「なによ！　私が植物に詳しいからってことだけで、父さんを殺そうとしたって疑うの？　あまりにも失礼じゃないの！」

双葉は声を裏返して怒声を上げる。

「別にお前だって名指しはしてないじゃないか」

音に敏感な鷹央は、両耳を手で塞ぐような仕草をすると説明を続けた。

「ジギタリスを食べさせることで、強心薬を常用している九頭龍零心朗にだけ中毒を起こさせるというアイデアは興味深い。日常的にジゴキシン製剤を扱い、その特性を知っていなければなかなか難しいだろう。ちなみにジゴキシン製剤は循環器内科医が使用することが多いな」

双葉に集まっていた視線が、今度は循環器内科医である壱樹に集中する。壱樹は双葉のように騒ぎ立てることはせず、鷹央を睨みつけながら低く押し殺した声で言う。

「今度は私が容疑者というわけか……。あまり適当なことを言うなよ」

「適当じゃないぞ。さっき言ったように、この家の畑にジギタリスが生えていたのは紛れもない事実だ。何者かがそれによって九頭龍零心朗を殺害しようとしたと考えるのは当然のことだ」

「だとしても俺や双葉が犯人だという証拠がどこにある。半年前、親父の体からは毒は検出されなかった。あの事故がジギタリスによって引き起こされたなどというのは誰にも証明できない」

「ああ、そうだな」

鷹央はあっさりと認める。

「事故後の九頭龍零心朗の血液からジゴキシンが検出されても、もともとジゴキシン製剤を毎日内服していたのだから、それが原因だとは誰も思わなかっただろう」

「なら、我々をあたかも父を殺した犯人のように疑うのは不適切ではないか」

勝ち誇るように壱樹が胸を張った。

「だが、今日の件はどうかな？」

鷹央はにやりと口角を上げる。

「今日の件？」壱樹の眉がピクリと動いた。

「そうだ。ジゴキシンは比較的代謝の遅い物質だ。昼飯を食べた私たちが今日採血をすれば、血液からかなりの濃度のジゴキシンが検出されるだろう。それにより食事に意図的にジギタリスが混入されていたことが証明できるはずだ」

「あ、あの……。今日、ジギタリスがお昼ご飯に出たのは、味元さんが偶然、コンフリーではなくジギタリスを収穫してしまったからなんですか？」

少し混乱しているのか、桃乃が片手で頭を押さえながら訊ねた。

「いいや、それは違う。畑に紛れていたジギタリスはほんのわずかだ。それが、昨日からの、九頭龍零心朗の足が刺され、ロボットが破壊されたのが見つかったという異常な状況下で、偶然に収穫され、昼食に出たとは考えにくい。しかも私がさっき確認したジギタリスは、その葉がだいぶもがれていた。なあ、味元……」

急に鷹央に声をかけられた味元は「な、なんでしょう？」と背筋を伸ばす。

「お前、昼に私たちと会ったとき、思ったより食材が多かったので、調整するためにトマトを収穫してカプレーゼを作ると言っていたな」

「は、はい」

「その多かった食材っていうのは山菜、特にコンフリーの葉だったんじゃないか？」

「そうですそうです！　このままじゃ天ぷらが多くなりすぎて、全体的に油っぽくなりそうだったから、爽やかなものを加えようとしたんです」

「お前、収穫したあとの山菜はどこに置いていた？　それに細工することはできたか？」

「ずっとキッチンに置いていました。冷蔵庫にある食材を取りに行ったりして、キッチンが無人になる時間もあったので、山菜に細工することは難しくなかったと思います」

「つまり、何者かが畑からジギタリスの葉を取り、キッチンに置いてあった天ぷら用の山菜に忍び込ませたということだな。……さて、それができるのは誰だろうな」

鷹央は部屋の中にいる人々の顔を順にゆっくりと眺めていく。

「ここで朝食から昼食までの間、庭園で読書をしていた法川の証言が重要になってくる」

急に名指しされた法川は「私ですか？」と自分を指さした。

「そう、お前はずっと庭園で本を読んでいた。そうだな」

「はい、そうですが」

「その本は『オリエント急行殺人事件』だったな。で、どうだった？　もう読み終えたか？　まさかの犯人に度肝を抜かれただろう」

「いや、すごいびっくりしましたけれど……」

戸惑った様子で法川が答えると、鷹央は「そうだろう、そうだろう」と満足げに頷いた。

「空前絶後のトリックだ。読者の常識と先入観を逆手にとり、伏線を丁寧に張り巡らせた構成はまさに芸術品だな。なんの前情報もなく、あれを読めるのは幸せだよな。私もできることなら記憶を消してもう一度最初から……」

……この状況でまた脱線するのかよ、この人。

「鷹央先生、実際の事件の説明をまずしてください」

僕が言うと鷹央は一瞬、「実際の事件？」ときょとんとした表情を浮かべたあと、「ああ、そうだったな」と両手を合わせた。

本気で忘れていたのか……。

呆れ果てる僕の前で、鷹央は気を取り直すように咳払いをした。

「昼食に山菜が出ると決まったのは、朝、リビングで軽食を食べていたときだ。そこから昼食までの間に畑に入った人物はたった二人だけ。一人はもちろん食材を収穫した味元、そしてもう一人は……」

鷹央はゆっくりと、この部屋にいる一人の人物を指さした。

「九頭龍双葉、お前だ」

双葉の体が大きく震えた。あごの周りについている脂肪が揺れる。

「そういえば、山菜の天ぷらを食べたいって執拗《しつよう》にリクエストしていたのもお前だったな。あれはジギタリスを食事に忍び込ませるために必要だったんだろうな」

「待って！　確かに私は午前中に畑に入ったけど、あくまで植物学者としてのフィールドワークをしていただけよ」

「実際の山に入るならまだしも、畑で植物学者がフィールドワークをしたっていうのか？」

「べ、別にいいでしょ。畑の植物の観察だって色々勉強になる。それにジギタリスが収穫されたのが今日とは限らないでしょ。もしかしたら前もって他の誰かが畑からジギタリスを取っていて、それをこっそり昼食に混ぜたのかも」

双葉はまくし立てるように釈明を続けるが、鷹央は軽く手を振った。

「さっき確認したところ、畑に入った足跡は二種類しかなかった。つまり、雨がやんだ昨日の昼から今日の昼までの間にあの畑に入ったのは二人だけということだ」

追い詰められた双葉の呼吸が荒くなり、反論もできなくなっていく。

「ちょっと待ってくれ」

妹を守るかのように、壱樹が一歩前に出た。

「あなたはさっきから、父の心臓がおかしくなったのが双葉や私の犯行のように決めつけているが、あなた自身が言ったじゃないか。私たちに父を殺す動機なんてないと」

鷹央は微笑むと、先を促すかのように軽くあごをしゃくった。

「確かに私たちは父とはあまりそりが合わなかった。さらに父はあろうことか実の子である私たちを、遺産相続人から排除しようと考えていたと聞く。だから百歩譲ってあなたが先程、犯行の証拠はなにもないと認めた半年前の父の交通事故の時点では、私たちに父を殺す動機があったことは認めよう。しかし……」

壱樹は目つきをさらに鋭くする。

「いま、私たちに父を殺害しようとする理由がどこにあると言うんだ？　昨日そこの弁護士が発表した遺言書によると、私たちは十分な遺産を相続することができる。私たちは経済的にやや困難を抱えているかもしれないが、だからと言ってすぐに破綻するわけではない。父はもう植物状態だ。長くはない。お互いに愛情がなかったとはいえ、仮にも肉親である父を急いで殺害する理由などなにもないはずだ。違うか？」

壱樹の指摘は、まさに僕が疑問に思っていた内容だった。双葉がジギタリスを使い、父親を殺害しようとした可能性は高い。しかし、なぜそんなことをしなければいけなかったのか、それが全く分からなかった。

「なるほど、なるほど。それがお前たちの切り札というわけだ。しかしいいのか、全ての謎を解いてしまっても」

挑発的な笑みを浮かべる鷹央に、壱樹は無言で鼻の付け根にしわを寄せた。

「では説明してやろう」

鷹央は再び左手の人差し指を顔の横で立てる。

「なぜ、今日父親を殺害しなければならなかったのか。その理由は、ジギタリスを使ったと思われる二つの事件だけからは浮かび上がってこない。重要なのはほかの二つの事件だ」

「零心朗さんの足が刺された事件と、ロボットが壊された事件ですね」

鴻ノ池が確認すると、鷹央は「そうだ」と首を縦に振った。

「ロボットの破壊に関しては、この屋敷にいる全員にアリバイがなく、誰でも可能だった。しかし、九頭龍零心朗の足をめった刺しにした事件は全く違う」

鷹央は淡々と説明を続けていく。

「昨日の夕方、燐火、長谷川、メイドの三人が部屋を出てから三十分ほどして、メイドが九頭龍零心朗の足が刺されているのを発見するまでの間、この部屋には誰も入らなかったことが確認されている。つまり、そこにいる九頭龍参士の説明通り、ロボットが本当に遠隔操作も、時間差での操作もできないと仮定するならば、あの刺傷事件は不可能犯罪のように見える」

鷹央の声が部屋の空気を揺らしていく。いつのまにかこの場は、鷹央の独壇場と化していた。

「ただし、それは正しくない。その時間一人だけ、この部屋でロボットを操作し、メスで足を刺すという指示を出せた人物がいたんだ」

「え、そんなはずは……」

僕は額に手を当てて昨日の記憶を探る。

桃乃が悲鳴を上げるまでの間、誰もダイニングから廊下へと出て行った者はいなかったはずだ。

あの三十分の間で一体誰がこの部屋に侵入し、そしてロボットに指示を下して零心朗の足を刺せるというのだろうか。混乱する僕に、鷹央が横目で視線を送ってくる。

「『オリエント急行殺人事件』と同じだ。常識や思い込みにとらわれていると、その盲点に存在する意外な真実に気づくことができないんだよ」

「なんなんですか、その盲点っていうのは？　一体誰があの三十分の間にあの部屋にいたって言うんですか？」

僕がまくし立てるように訊ねると、鷹央はいたずらっぽく微笑んだ。

「足を刺された本人、つまりは九頭龍零心朗だよ」

＊

「零心朗さんが、刺傷事件の犯人？　被害者が加害者……？」

あまりにも予想外の鷹央の答えに、僕は呆然と立ちつくす。

「そ、そんなことありえません。零心朗さんは植物状態なんですよ」

「九頭龍零心朗が本当に植物状態かどうか、お前は診察したのか？」

「え？　でも人工呼吸器で管理をして、胃瘻から経管栄養を投与しているんですよ」

「それはあくまで呼吸や嚥下《えんげ》などの運動機能を完全に失っていることを示すに過ぎない。植物状態の定義には深い昏睡状態が続き、意識がないことが含まれている」

「植物状態じゃないのに……、意識があるのに完全に体が動かない……」

つぶやいた僕の頭の中で電気が走るような感覚が走り、そして一つの疾患名が浮かび上がってくる。

「閉じ込め症候群！」

「ようやく気づいたか」

鷹央はシニカルに微笑んだ。

「閉じ込め症候群って、確か意思があるのに動けないっていう状態でしたっけ？」

鴻ノ池が口元に指を当てると、鷹央は「そうだ」と頷いた。

「閉じ込め症候群は中脳と延髄の間にある、橋《きょう》と呼ばれる脳の部分が障害されることで生じることが多い症状だ。意識は完璧に保たれ、視覚、聴覚も維持されるので外界を認知することはできるが、目を除く体の全ての部分を全く動かすことができなくなる。つまり、体の中に意識だけが閉じ込められてしまうという状態だ」

「体の中に意識だけ……。零心朗さんが、その状態だって言うんですか？」

意識が鮮明であるにもかかわらず、動くことはおろか、しゃべることも、表情を変えることもできない。その状態がどれだけ恐ろしいことなのか想像したのか、鴻ノ池の声がかすれる。

「閉じ込め症候群は主に橋の底部に梗塞が起きたときに生じるものだが、出血や腫瘍などでも認められることがある。昨日確認したＭＲＩでは、九頭龍零心朗は事故により橋を含む脳幹部に出血が認められた。おそらくそれにより脳から体への命令が完全に遮断され、動かない体に閉じ込められた状態になったのだろう」

「じゃあずっと、零心朗さんは全く動けないいまま、私たちの会話を聞いていたって言うんですか？　そんなことがあり得るんですか？」

鴻ノ池の顔が強張《こわば》った。

「医学的には十分にあり得ることだ。そして、それを考慮すると、昨日起きた刺傷事件に新たな容疑者が出てくる。それが、九頭龍零心朗自身だ」

「本当に零心朗さんが、自分で足を刺したって言うんですか？」

思わず僕は声が裏返ってしまう。

「もちろん自分の手で刺したわけではない。閉じ込め症候群だとしたら四肢は全く動かないからな。ただし、ロボットに命令することはできるかもしれない」

「ロボットに？」

僕の脳裏に、昨日、この部屋に血まみれで佇んでいたロボットの姿が浮かび上がる。

「そうだ。昨日、九頭龍参士が言っていただろう。あのロボットは音声、文字、直接のタイピング、そしてアイコンタクト、場合によってはアタッチメントを使って脳波で指示が出せると」

鷹央は歌うように説明を続けていった。

「今朝破壊されたあのロボットはプロトタイプで、九頭龍零心朗が様々な機能を付け加えていたという。閉じ込め症候群以外にもALSや筋ジストロフィーなど、体が動かなくなる難病の患者はたくさんいる。その患者たちでも医療介護ロボットを自ら使えるように、脳波などによる複雑な指示ができるように改造されていた。その可能性が出てくるんだ」

「でも、自分の足を刺したりなんて……。とんでもない痛みじゃ……」

口元を押さえた鴻ノ池に、鷹央は「よく思い出してみろ」と声をかける。

「昨日見たMRIでは、九頭龍零心朗の胸椎は完全に砕け散り破断していた。つまり体が動かないだけではなく、胸から下は全く感覚がない状態だ。ならいくら刺しても、致命的な出血をしない限り問題はない」

　僕は、昨日処置した零心朗の刺し傷が、全て太い血管から外れていたことを思い出す。じゃあ……。

「じゃあ、零心朗さんは、自分が植物状態じゃなく、意識があることを示すためにロボットに命令して自分の足を刺させたっていうことですか？」

「少なくともその可能性があるということだ。そして、それに気づいた奴らがいる。九頭龍零心郎に意識があったらやばい奴らがな」

　零心朗に意識があったらやばい奴ら……。僕の視線が自然と、零心朗の子供たちに向く。

「そう、そこの三人だ」

　鷹央に指さされた三人の体が大きく震えた。壱樹がなにか反論しようと口を開くが、それを遮るように、「まあ、あくまで仮説だから最後まで聞けよ」と鷹央が歌うように言葉を続ける。

「三人のうち、父親が閉じ込め症候群かもしれないと気づいたのはおそらく、内科医である九頭龍壱樹と、あのロボットの開発に関わっていた九頭龍参士だろうな。そして、お前たちにとって父親にまだ意識があるという可能性は、極めて危機的なものだった。閉じ込め症候群は体は動かなくても意識は鮮明だ。それに時間はかかっても何らかの方法で意思表示をすることはできる。そうなると当然、新しい遺言書を作ることも可能だということになる」

参士の頬がぶるりと揺れた。それを見て鷹央は両腕を大きく広げる。

「そんなことになったら大変だよな。せっかく昨日確認した遺言書では莫大《ばくだい》な遺産が手に入るはずだったのに、新しい遺言書なんかできようものなら、半年前に九頭龍零心朗が書き換えようとしていたように、自分たちには全く遺産が渡らない遺言書になってしまうかもしれない。だから、お前たちは昨日の夜、緊急で対応する必要に迫られたんだ。まずはロボットを破壊するという必要にな」

「どうしてキュアアイを壊さなくてはいけなかったんですか？」

ずっと一緒に零心朗を介護してきたロボットに愛着があるのか、これまで黙っていた桃乃が声を上げる。

「そんなの当然だろう。昨日の状況では、ロボットが零心朗の足を刺したと考えるのが妥当な状況だ。もし警察が介入すれば、あのロボットを科捜研で徹底的に調べるだろう。そうなれば、九頭龍零心朗が何らかの方法でロボットを操っていたということが判明し、意識があることが明らかになってしまうかもしれない」

「だからその前に、キュアアイを壊してデータを取れなくしたということですね……」

桃乃が固い声で言った。

「ああ、そうだ。ドーム状の頭部を徹底的に壊され、中の配線が掻き出されてるところを見ると、そこにデータを記憶している媒体が入っていたんだろうな。あのロボットにかなり詳しい奴の犯行ということが示唆される」

　鷹央に視線を向けられた参士は慌てて目を伏せた。

「あとはさっき説明した通りだな。九頭龍零心朗の意識があるとしたら、遺言書を書き換えられる前に始末をしなければならない。しかし、昨日の夜から九頭龍零心朗には常に燐火か使用人がついている状態だった。その状態で父親の命を奪うためには、半年前に使ったのと同じ凶器、つまりは庭の畑に紛れ込ませていたジギタリスを、食事に混ぜるという方法を使用するしかなかった」

　鷹央は証明終わりとでも言うように、人差し指を立てた左手を指揮者のように大きく振った。

「これが今回の事件の全容だ」

　鷹央が語る絡まりあった四つの事件の真相に誰もが引き込まれ、そして言葉を失う。

　重い沈黙が部屋に降りた。

「そ、それがどうした！」

　震える指で鷹央を指しながら、壱樹が声を張り上げる。

「そんなの単なる仮説に過ぎない。なんの根拠もなく適当なことを並べ立てているだけだ」

「いや、さっき言ったように私たちの血液を調べて、ジゴキシンが検出されれば……」

「それで証明できるのは、何者かが昼食にジギタリスを混入したということだけだ。もしかしたらそれができるのは双葉だけかもしれないが、少なくとも私が父に危害を加えようとした証拠にはならない。私は関係ない」

それまでの落ち着いた態度をかなぐり捨てた兄を見て、双葉は「兄さん⁉」と金切り声を上げる。

「そうだ、俺もなにも関係ない。俺がロボットを壊したり、親父を殺そうとしたなんていう証拠はなにもない。ただ、あのロボットに詳しいだけで犯人扱いされるなんて馬鹿げている！」

参士もすぐに追随した。

「なるほどなるほど。旗色が悪くなったら一人を生贄《いけにえ》にして自分たちだけ助かろうとしているわけか。いい兄弟を持ったものだな」

鷹央は皮肉で飽和した口調で、血の気の引いた唇をわななかせている双葉に声をかける。

「なに言ってるの⁉　私もなにも関係ない！　そもそもあなたの言ってることは全部

妄想よ。証拠のないことばっかりじゃない」

「ああ、いまの時点でははっきりした証拠はない。ただ、一つのことはすぐに証明できるぞ」

鷹央はいたずらっぽく目を細めると、ベッドの柵に手をかけ零心朗の耳元に口を近づける。

「久しぶりだな、九頭龍零心朗。昨日会ったときは挨拶をしなくてすまなかった。私の声が聞こえていたら、何か反応してくれないか？」

鷹央が囁《ささや》くように言うのを聞きながら、僕は固唾《かたず》を呑んで成り行きを見守る。

そのとき、無言で長谷川がベッドに近づくと、金属製の電極が複数ついたヘッドバンドのようなものを零心朗の頭に巻いた。

「なんですか、それは？」

僕が訊ねると、長谷川はベッドを向いたまま振り返ることなく「脳波を測定するアタッチメントです」と答える。

長谷川に倣うように燐火と桃乃もベッドに近づき、ベッド柵にタブレットが接続されたアームを取り付けたり、零心朗の閉じている瞼《まぶた》を開け、そこに目薬を差したりする。

瞼をテープで固定されて目を開かされた零心朗の顔の前に、アームに接続されたタブレットが固定される。

タブレットの液晶画面にカーソルと、キーボードが表示された。

次の瞬間、カーソルが高速で動き始める。

『ヒサシブリダ　アメクケン　アイカワラズノ　テンサイップリダネ』

無味乾燥な人工音声がタブレットから流れだした。

6

本当に意識があった……。鷹央の指示に従って瞬《まばた》きをした零心朗を眺めながら僕は呆然と立ち尽くす。

「そ、そのタブレットを本当に親父が操っているとは限らない。どこからか遠隔操作しているかもしれないだろ！」

参士が父親を指さしながらだみ声を上げる。そのとき、ゆっくりと零心朗の眼球が動き、参士の姿をとらえた。参士の背筋が伸びる。

「お、親父、本当に意識があったのか？　良かった。なあ、姉さん、兄貴」

焦りが色濃くにじむ声で参士が言う。壱樹と双葉も「そうだな」「そうね」とおどおどした様子で同意した。

そんな三人を見て、鷹央は小馬鹿にするように鼻を鳴らした。

「今更取り繕ってどうする。九頭龍零心朗に意識があったという時点でもうチェックメイト、お前たちは終わりなんだよ」

「なにバカなことを言っているんだ！」

壱樹が声を張り上げる。

「父に意識があったからと言って、お前がさっき言ったことが全部正しいわけではないだろう。俺たちが父に危害を加えようとしたなんていう証拠は全くない。そうだ、俺たちは父に意識があるっていま知って、ただ喜んでいるだけだ」

これまでの悠然とした仮面が剝がれ落ちた壱樹が、必死に釈明する。

「そう。お前の言う通り、さっきの私の説明は全て正しいわけではない。九頭龍零心朗に最初から意識があったなら全く状況が変わるからな」

鷹央はクックックッと小さくしのび笑いを漏らした。

「状況が変わるってどういうことよ？」

不安と焦燥に満ちた声で双葉が言う。

「お前ら、まだ本当にあのロボットが九頭龍零心朗の足を刺したと思っているのか？」

さっきの鷹央の推理は間違っていたということだろうか。意味が分からず、僕が咄《とっ》嗟《さ》に尋ねると、鷹央は「もちろん違う」とあっさりと答えたあと、燐火に向き直る。

「いまの燐火たちのタブレットと、脳波を測定するアタッチメントとやらのテキパキとした取り付けを見ただろ。あれは日常的に行っているからこそのものだ」

「じゃあ、燐火さんたちは最初から零心朗さんに意識があるって知っていたんですか？」

「ああ、もちろんだ。そうだよな、燐火」

鷹央に声をかけられた燐火は、ただ無言で微笑んだ。その態度は明らかに肯定を意味していた。

「え、え？　どういうことですか？　零心朗さんの意識があるのを知っていたのに、なんで植物状態だっていうふりをする必要があったんですか？」

混乱しているのか、鴻ノ池は頭を振った。

「簡単だよ。全部、罠《わな》だったんだ。子供たちが自分を殺そうとしたということを証明するための罠」

「罠……？」

「え、違うんですか？」

壱樹が弱々しい声でその言葉を繰り返す。

「そうだ。半年前、運転中に不整脈が生じ、意識を喪失して重大な交通事故を起こし、閉じ込め症候群になってしまった九頭龍零心朗は、三人の子供のうちの誰かが遺言書を書き換えさせないために、なんらかの方法で自分を殺そうとしたのだと確信した」

鷹央は朗々と説明を再開する。おそらくはこの事件の本当の真相を。

「しかし、車にも自分の体にもなんらかの細工がされた痕跡は見つからず、誰がどうやって自分を殺そうとしたのか、どれだけ考えても分からなかった。普通ならそこで諦めるだろう。ただ、九頭龍零心朗には執念があり、そして優秀な頭脳があった」

鷹央は「まあ、私ほどではないんだがな」と付け加える。

だから、余計なことを言わなくても……。呆れる僕の前で鷹央は説明を再開する。

「そして思いついたんだ。自分で分からないなら、さらに天才的な頭脳を持つ人物、具体的には名探偵であるこの私に謎を解かせればいいとな」

「先生は名探偵じゃなくて名医です」

もはや抑えきれなくなって、僕はツッコミを口にする。

「なんだよ。別に名探偵で名医でもいいじゃないか。その二つの概念は矛盾はしないぞ。名探偵という呼称は別に探偵という職業についていなければいけないという決まりはない。確かに狭義には名探偵とはシャーロック・ホームズやエルキュール・ポワロのように探偵業を営んでいる者のうち、優秀な存在を呼称する言葉として……」

「分かりました分かりました。先生は名探偵で名医です。それでいいです。ですから説明を続けてください」

名探偵の概念について延々と語り出すという大脱線をし始めた鷹央を、僕は慌てて元の話へと戻す。

言葉を遮られた鷹央は一瞬不満げな表情を見せるが、名探偵としての見せ場の方が大切だと判断したのか、再び事件の真相を語り出した。

「私に捜査をさせることを決めた九頭龍零心朗は、そのために妻である燐火と使用人たちと、入念な打ち合わせをして計画を練った上で、この屋敷に必要な人物を呼んだんだ。すなわち名探偵と容疑者たちをな」

容疑者と呼ばれた壱樹、双葉、参士の三人の体が小さく震えた。

「そして最初の事件を起こした。自分の足をあたかもロボットが刺したかのような事件を」

「あたかもってことは、本当はあのロボットが刺したわけじゃないってことですか⁉」

鴻ノ池が驚きの声をあげる。

「ああ、そうだ。もし脳波や眼球運動だけでロボットを操れるとしても、さすがに太い血管を巧みに避けて何度も刺すなんていう芸当まで指示できるわけがない」

「じゃあ、あれは一体誰が……」

混乱した僕は頭を押さえると、鷹央は「お前まだ分からないのか」と呆れ声を出す。

「よく考えてみろ。燐火、執事、メイドの三人が経管栄養をつないでこの部屋をあとにしてから、約三十分後に足を刺された零心朗が発見されるまでの間、誰もこの部屋に入れなかったことは証明されている」

「もしかして、零心朗さんが自分の手で刺した……」

思いついたことを僕が口にすると、鷹央は「なわけないだろう」と、これ見よがしにため息をついた。

「自分で手が動かせるということは、意識があるだけではなく、四肢の麻痺《まひ》もないということだ。だとしたら当然、自発呼吸もできる。自らの病状をごまかすために、わざわざ人工呼吸器に呼吸を任せているっていうのか。そもそも呼吸器の設定を見てみろ。もし、自発呼吸があったらファイティングを起こすはずだ」

ファイティングとは患者の呼吸と人工呼吸器の換気のタイミングが合わず、強い咳や呼吸困難が生じる症状のことだった。

いま、人工呼吸器は強制的に換気をするように設定されている。この状態で自発呼吸があったら、確かにファイティングが起こり、零心朗は激しくむせ込んで強い苦痛を覚えるだろう。

零心朗もロボットも足を刺すことはできない。しかし、燐火たちが部屋を出てから発見までの間、誰もこの部屋に入っていない。だとしたら……

そこまで考えたとき、頭の中で電気が走るような感覚に襲われる。僕の口から「あっ……」という声が漏れた。

「まさか……、零心朗さんの足は、燐火さんたち三人が部屋を出る前に刺されていた？」

「正解だ」

鷹央は指を鳴らす。

「え、どういうことですか？　燐火さんたちが部屋を出る前にって、それだったら燐火さんたちが気づくはずじゃ……」

鴻ノ池が瞬きを繰り返す。僕は軽くかぶりを振った。

「気づくどころじゃない。燐火さんたちこそ、零心朗さんの足を刺した犯人なんだ」

「燐火さんたちが犯人……」

鴻ノ池が啞然《あぜん》とした表情で燐火たちを見る。犯人と告発された燐火、長谷川、桃乃の顔に動揺は見られなかった。

「それも九頭龍零心朗の計画の一つだったんだよ」

鷹央が再び話しはじめる。

「妻と使用人たちに自分の足を刺させ、最低限の止血処置をさせてから、ダイニングへ戻す。そして三十分後にメイドがやってきて悲鳴を上げれば、ロボットが犯人としか思えない犯行状況が生まれる。まさか妻と使用人たちが共犯で、口裏を合わせているなどとは誰も思わないだろうからな」

「で、でも、なんでそんなことをしなければいけなかったんですか？」

完全にパニックになっているのか、鴻ノ池は頭を抱える。

「理由は大きく分けて二つだ。容疑者である三人の子供たちに、父親に意識があるのではないかと疑わせること。そしてもう一つは、名探偵である私に不可思議な事件現場を目撃させ、やる気を出させることだな」

鷹央はベッドに横たわる零心朗に視線を送る。

「まんまとお前の策に乗せられてやる気を出しちまったよ。しかし、痛みを感じなくなったとはいえ、自分の足を妻たちにめった刺しにさせるとはなかなかの覚悟だ。だがその甲斐《かい》はあったな」

鷹央はもはや口を開くことすらできない壱樹たちを見た。

「思惑通り、子供たちはまんまと罠にはまり、そしてお前を殺害することで遺言書の書き換えを防ごうとした。そして、この私の大活躍によりお前は助かり、半年前の事故の原因まで全て解明された。執念の勝利ってやつかな」

「か、確実な証拠は……」

もはや言葉が出なくなりつつある壱樹が、藁《わら》をも摑むような態度で、必死に最後の抵抗をしようとする。

「あのなあ、よく考えてみろよ。ここまで綿密に練り込まれた計画だぞ。私たちに植物状態であることを信じ込ませるために、低酸素脳症を起こした患者の頭部MRIを用意し、また食事をわざわざミキサーにかけて経管栄養で投与するなんていう、普通ならありえないことまでやっていたんだぞ」

「え、あれっていつもはやっていなかったんですか？」

鴻ノ池が驚きの声をあげる。

「多分な。もしそれと同じことをやっていたら、半年前の事故と同じように、偶然、味元がジギタリスを採取してしまい、九頭龍零心朗がジゴキシン中毒を起こしていたはずだ。しかし、それが起きていないということは、普段は一般的な経管投与用の栄養剤を使い、この二日間だけ食事をミキサーにかけて投与していたんだろうな」

「それも罠っていうわけですか？」

僕は感心と呆れが混ざった声で言う。

「だろうな。自分の身に起きたことが毒によるものだという可能性を考慮し、自分に毒を盛りやすいようなシチュエーションを作ったというわけだ。そこまで用意周到に罠を張っている九頭龍零心朗が、お前たちの犯行の証拠を確保していないなんていうことがあり得ると思うのか？」

「あ……あぁ……」

半開きの壱樹の口から呻《うめ》くような声が漏れる。

「この二日間、この屋敷で起きたことは全て記録されているに決まっているだろう。九頭龍参士がロボットを破壊しているところも、九頭龍双葉が庭の畑からジギタリスを採取して、それをキッチンの山菜の中に混ぜたことも、そしておそらくは昨夜お前たち三人が部屋に籠って、父親を殺す方法を相談している場面もな。そうだろう？」

鷹央に声をかけられた零心朗は、まるで、その通りだとでも言うように緩慢に眼球を動かし、鷹央を見た。

「おい、鴻ノ池、そろそろ僕たちの出番かもよ」

「分かってます。じゃあ気づかれないように行きましょうね」

僕と鴻ノ池は小声で囁きあうと、ゆっくりとすり足で移動しはじめる。

鷹央の独演会となっているこの場で、僕たちの動きに気づく者はいなかった。僕たちは壁に沿うように進んでいき、そっと壱樹たちに横から近づく。視界が狭くなっている彼らが僕たちを見ることはなかった。

「私たちの行動が記録されてるってどういうことよ！」

息も絶え絶えと言った様子で、双葉が金切り声を上げる。

「この屋敷には前もってありとあらゆる場所に防犯カメラが仕掛けられ、映像を全て録画してあるのさ。多分、記録装置の本体は九頭龍零心朗の研究室だろうな。いくらプログラミングの天才とはいえ、十個以上のモニターがあるのはよく考えたらさすがに多すぎだ。あのモニターは、この屋敷中に仕掛けられた防犯カメラの映像を映すものだったんだろうな」

「ええ、そう。大変だったのよ。気づかれないように大量の防犯カメラを仕掛けるの。業者を何人も雇ったんだから」

おどけるように燐火が言った瞬間、小さな悲鳴のような声を上げながら双葉と参士が身を翻した。

これまで鷹央とともに様々な修羅場を経験してきて、犯人たちがそう出ることを完全に予想していた僕と鴻ノ池は、同時にさっと足を出す。

走り出そうとした瞬間、双葉は鴻ノ池に、参士は僕に足を引っ掛けられ、勢いよく顔面から床に倒れ込む。

「どけ！」

怒声が部屋の壁に反響する。見ると、双葉を転ばせたあとすぐさま出入り口に立ちふさがった鴻ノ池を、壱樹が睨みつけていた。

「今更どこに逃げようとするんですか。もう証拠があるんです。逃走したところで、すぐに警察に捕まるのがオチです」

たしなめるように言う僕に、壱樹は血走った目を向ける。

「防犯カメラのサーバーを破壊すれば、記録は全部消せるはずだ。証拠なんかなくなる」

ああ、言われてみればそうかも。けど、それは絶対に無理なんだよな……。

僕が胸の中でつぶやくと同時に、壱樹は「おおお！」と咆哮《ほうこう》を上げながら鴻ノ池に殴りかかった。

「危ない！」

燐火が声を上げる。しかし、当の鴻ノ池は、穏やかな笑みを浮かべたままだった。

壱樹の右拳が顔面に届く寸前、鴻ノ池は体を開きながら左前方に滑るように移動した。確か合気道の『入り身《いりみ》』という技術だ。

攻撃をすかされ、目標を見失った壱樹は、拳を振り切った状態でたたらを踏む。鴻ノ池はそっと両手で包み込むように壱樹の拳を摑むと、「はっ！」という息吹とともに両手を大きな円を描いて振り下ろす。

壱樹の手首関節、続いて肘関節、最後には肩関節が極《き》まり、その痛みから必死に逃れようと、壱樹の体勢が前のめりになっていき、そしてついには空中で一回転する。

壱樹の背中が床に叩《たた》きつけられると同時に、ゴキリという生木をへし折ったような音が続いた。

いまのって、肩関節が外れた音じゃ……。

僕が引いていると、鴻ノ池が屈託ない笑みを浮かべる。

「か弱い乙女の顔を殴ろうとしてきたんだから、関節ぐらい外されても正当防衛が成立しますよね」

成立するかなあ……。

倒れたまま肩を押さえて苦痛のうめき声をあげている壱樹を見下ろしながら、僕は頬を引きつらせる。

「これで事件は一件落着だな」

鷹央の満足げな声が部屋に響き渡った。

「というわけで、今夜は報酬として九頭龍零心朗の秘蔵の酒を片っ端からいただくとするか。文句はないよな」

鷹央はベッドに横たわる零心朗に向かって、勝ち誇るように言った。

7

「いや、うまい。やっぱり事件を解決して飲む酒は格別だな」

シュワシュワと泡が立つシャンパンの入ったグラスを掲げながら、鷹央は上機嫌で言う。

屋敷で起きた不可解な事件の真相が全て明かされてから、すでに二時間以上が経っていた。

父親を殺害しようとしていた三人の子供たちは、いまはキッチンの奥の食料庫に閉じ込められている（鴻ノ池によって外された壱樹の肩関節は、僕が一応整復しておいた）。昨日ロボットを閉じ込めていた時とは違い、倉庫の入り口には頑丈な南京錠がかけられているので、脱出することは不可能だろう。そもそも、鷹央により自分たちの犯行が明らかになり、さらにそれを零心朗の指示で全て記録されていたと知り、食料庫に連行される際の彼らは抜け殻のようで、もはや抵抗する気力が残っていないのは明らかだった。食料庫なので食べ物はいくらでもあるし、簡易トイレも渡しておいたので一晩ぐらい過ごすのになんの問題もないだろう。

「おい！　小鳥！　なに不景気そうな顔しているんだよ。お前も飲めって。こんな高い酒なかなか味わえないぞ」

事件を解決したことへの報酬として、九頭龍零心朗から秘蔵のワインとブランデーのコレクションを譲ってもらった鷹央が、ハイテンションで言いながら僕のグラスにシャンパンを注いでくる。

細かい泡がこぼれそうになったグラスに、僕は慌てて口をつけた。

「僕はそんなに飲みませんよ。明日には東京に戻る予定なんですからね。二日酔いで飲酒運転なんてことになりたくないですから」

「いいじゃないか。私たちも長野県警から色々と話を聞かれることになるんだ。どうせここを出られるのは早くても夕方さ。それまでにはアルコールも代謝されてるだろう」

「やっぱり警察が来るのって、明日になっちゃうんですか?」

慣れた手つきでワインオープナーを操り、新しいボトルを開けている長谷川に、僕は声をかける。

「申し訳ありません。所轄の警察署に連絡を取ったのですが、事件の概要を説明したところ、夜勤の警察官だけでは対応が難しいそうです。長野県警の本部が明日の朝八時ごろには、十分な数の刑事と鑑識を集めて万全の態勢でやって来るということです」

「九頭龍零心朗はこの辺の名士だからな。慎重になるのも当然だ」

鷹央はグラスに残っていたシャンパンを一気に呷《あお》る。

「さようでございます。お手数をおかけしますが、どうぞご容赦ください」

赤ワインのボトルを開けた長谷川は、新しいグラスになみなみと紅《あか》い液体を注ぐと、そっとそれを鷹央の前へ滑らせた。

「おう、容赦する、容赦する。こんなうまい酒が飲めるなら全然容赦するぞ」

賄賂をもらった鷹央がはしゃいだ声を上げる。その隣にいる鴻ノ池は「あ、そのワイン、私もほしいです」と勢いよく手を上げた。

「そういえば、もう屋敷内の防犯カメラは止めたんですよね」

ふと気になって僕は長谷川に確認する。子供たちの犯行の証拠を確保するためとはいえ、行動をすべて記録されているのはあまり気持ちの良いものではない。

「ええ、もちろんです。もともと取り付けてある屋敷の外のものと、一階から二階に上がる階段を映しているもの、それ以外はすべてオフにいたしましたので、安心してお過ごしください」

「ありがとうございます」

礼を言った僕は、燐火から湿った視線を浴びせかけられていることに気づいた。

「あ、あの、なんでしょう……」

「防犯カメラが切られたからって、まさかあなた、鷹央の部屋へ夜這いに忍び込んだりするつもりじゃないでしょうね。うちの屋敷でそんな破廉恥なことをしたら、ただじゃおかないから、覚悟しておいてよ」

据わった目で僕を見据えながら、燐火は低い声を出す。

「そんなことしません！」

この人、僕をどんな人間だと思っているんだよ？

深いため息をつく僕の耳に、隣にあるキッチンからは、じゅうじゅうとなにかを焼く音が聞こえてくる。味元が腕によりをかけてディナーを作っており、桃乃がその手伝いをしていた。

二時間前までこの屋敷に充満していた重苦しい空気は完全に消え去り、この場にいる誰もが晴れやかな表情を浮かべている。

シャンパンを一口含む。上品な酸味とかすかな甘みが、炭酸の刺激とともに口の中に広がっていくのを覚えながら、僕は犯人たちを食料庫に閉じ込めたあと、零心朗の部屋に戻ってからの出来事を思い出す。

僕たちはそこで九頭龍零心朗と『会話』をした。

『ミンナ　ゴクロウダッタ』

低く響き渡る人工音声が、部屋の空気を揺らした。

燐火の説明によると、零心朗の頭部に付いたアタッチメントで脳波を測定し、それをＡＩで処理することでタブレットを操り、人工音声を出すことができるようになっているそうだ。

半年前、零心朗は昏睡状態のままこの家に戻ってきたが、一週間ほどで燐火が夫に意識があるのではないかと疑い、眼球がわずかに動いたことによって、閉じ込め症候群であると気づいたらしい。さすがは、鷹央が「なかなか優秀だ」と評価するだけある。

『アメククン　キミニ　マカセテ　セイカイダッタ』

「そうだろうそうだろう。私じゃなければこんなに複雑な謎を解くことはできなかったはずだ。感謝しろ。ちなみにその感謝を言葉でなく物で示してもらっても、私としてはやぶさかでないぞ。具体的に言えば、お前が集めていた酒のコレクションとかな」

鷹央の露骨な要求に、零心朗は『モチロン　カマワナイ　スベテ　ゾウテイショウ』と答えた。

「やった。頑張った甲斐があった。最高の報酬だ！」

両手で万歳をしながら鷹央が小さくジャンプする。

『コノカラダデハ　モウ　サケヲ　タノシムコトハ　デキナイカラナ』

人工音声で発せられた零心朗のその言葉を聞いて、緩みに緩んでいた鷹央の表情が引き締まった。

「九頭龍零心朗、お前がこのような状態になったのは心から残念に思う。お前は紛れもない天才だった。その才能を世の中のためにまだまだ使えるはずだった。その稀有《けう》な才能を、資産の取り分が減るかもしれないという利己的な理由で消し去ろうとしたお前の子供たちに怒りを感じるとともに、お前には深い同情を覚えている」

鷹央は静かに告げると、また懲りずに「まあ、天才と言っても、私ほどじゃないがな」と付け加えた。

……それを言わなければ感動的なスピーチだったのに。

僕が肩をおとしていると、タブレット画面のカーソルが動いていく。零心朗が脳波で文章を打ち込んでいるのだろう。一分ほどして、また人工音声が響いた。

『カテイヲ　ナイガシロニ　シテキタ　ムクイダヨ　スコシ　ツカレタ　コレカラノコトハ　ノリカワセンセイニ　オマカセスル　リンカ　ヤスマセテクレ』

燐火がそっと手を伸ばし零心朗の瞼を落とす。名指しされた法川が軽く咳払いをしたあと声を上げた。

「零心朗様とは前もって様々なパターンを想定し、遺言書を含めて今後についての指示をいただいております。今回はお子様たち三人ともが犯行に加わっていたというケースですので……」

法川は手にしていたバッグの中を探ると、「ああ、これだ」と書類の束を取り出した。

子供たち全員が自分の命を狙っていた場合も考えていたとは……。

ありとあらゆるパターンを想定していたのか？　それともそれだけ子供たちに対して疑念を持っていたのだろうか？

家族との関係を築くことなく研究に明け暮れ、自らの才能を追究し続けた男。その人生は果たして充実したものだったのだろうか。僕のような凡人が、鷹央も認める天才の人生を評価しようとはおこがましいことだとは理解していたが、それでもベッドに横たわる目の前の男に対して憐憫《れんびん》の情を抱いてしまう。ただ……。

僕は零心朗の手をそっと握っている燐火に視線を向ける。

閉じ込め症候群という全介助が必要な状態になってもずっとそばにいる妻。その姿からは夫に対する深い敬意、そして愛情が伝わってきた。自らの才能を発揮することに邁進《まいしん》し続けた彼は動けなくなったことで、本当の愛を手に入れたのかもしれない。

そんなしんみりとした感情に僕が浸っていると、法川が書類を見ながら話しはじめた。

「遺言書の詳細につきましては、後日こちらでまとめて零心朗様に確認していただきますので、本日は概要だけお伝えいたします」

もったいをつけるように一拍を置いたあと、法川は続ける。

「零心朗様の持っている財産の七十五％を奥様である燐火さんが相続し、二十％を長谷川さんが、そして、残りの五％を辻堂さんが相続する内容となります」

「え、私がですか？」

少し離れた位置に立っていた桃乃が自分の顔を指さす。

「はい、零心朗様は桃乃さんの介護と献身に対して心から感謝しております。ですので、財産を残したいと考えています」

「あ、ありがとうございます」

まだ信じられないといった様子で桃乃が礼を口にする。

「そして、燐火様に対して零心朗様からメッセージがあります」

「私にですか？」

零心朗の手を握ったまま、燐火は目をしばたたく。

「はい、そうです。それでは読み上げます。『愛する妻、燐火へ。せっかく君と人生を歩めると思っていたのに、このようなことになってしまい残念に思うとともに、すまなく思っている。心から謝罪する』」

「そんな、謝る必要なんてないの。私は好きで九頭龍先生のそばにいるんだから……」

燐火は目を閉じたままの夫に必死に話しかける。

「『そして君にお願いがある。私の心からの願いだ。どうか聞き入れてほしい』」

法川が書類に目を落としながら、零心朗のメッセージを読み続けていく。

「『この家から出て、どうか自分の道を歩んでほしい』」

切れ長の燐火の目が大きく見開かれた。

「家を出るってどうして⁉」

「『君は美しく、そしてなによりとても才能のある女性だ。君の人生を私のような生きる屍《しかばね》の介護などで費やしてほしくはない』」

まるで燐火の問いを予想していたかのように、法川が読み上げるメッセージは続いていた。

「そんな！　私は先生のそばにいたいの！　あなたといることが私の幸せなの！」

燐火は必死に声を張り上げる。

「『燐火、きっと君はこの申し出を拒絶しようとするだろう。ただ、私のために受け入れてほしい。君のような素晴らしい女性を、この山奥に閉じ込めておく罪を私は背負うことはできない。そんなことをすれば、私はまもなく訪れるであろう死のあと、地獄の業火で焼き尽くされてしまうだろう。君は医師としても科学者としても、社会に貢献できる才能を持っている。君の背中についている素晴らしい翼を、私はもぎ取りたくはない。だから辛《つら》いが、私をここに置いて行ってほしい。そしてこのような哀れな姿ではなく、君と手を取り合って歩んだ私の姿をずっと覚えていてほしい』」

法川が代読する零心朗のメッセージを聞いて、燐火は夫の手を強く握りしめたまま固く唇を噛《か》む。

「これが最後です」

そう前置きすると、法川は静かにメッセージを読み上げた。

「『燐火、私にとって君は人生で唯一愛した女性だった。息を引き取るその瞬間まで、私はここで一人、君との幸せな記憶を反芻《はんすう》し続ける。だからどうか君は幸せになってほしい。私との記憶を頭の片隅に残しながら、自由にこの世界を羽ばたいてほしい。心からの愛を込めて。九頭龍零心朗』以上です」

固く閉じた燐火の瞳から、水晶のように美しい涙がこぼれ、重ねあった零心朗と燐火の手に落ちたのだった。

事件解決後に起きた顚末《てんまつ》を思い出しながら、僕はシャンパンの入ったグラスを傾ける。

夫からのメッセージを聞き終えた燐火は、「分かった。……ありがとう、九頭龍先生」と頬を涙で濡《ぬ》らしたまま零心朗の頬に口づけをした。

　そのあと僕たちは、一度は心停止した零心朗の体調が再び悪化しないよう、鷹央の指示のもと点滴など様々な処置をした。

　最初のうちは目に涙を浮かべていた燐火だったが、鷹央の指示のもと医師として動いているうちに心が落ち着いてきたのか、処置が進むにつれ開き直ったようにわずかに笑みも浮かべていた。そんな燐火の姿を見て、僕は彼女の芯の強さを感じた。

　最後に燐火が抗生剤の点滴を、僕と鴻ノ池が昇圧薬の点滴をセットし、点滴チェッカーに滴下速度を打ち込んで、完全に問題がなくなったと判断したところで、全員で零心朗の部屋を出て、このダイニングへとやってきた。

　さすがに疲れ果てた僕たちがダイニングテーブルの席に座ると、しんみりとした雰囲気を打ち消そうとするかのように味元が手を合わせて声を張り上げた。

「とりあえず一件落着ということで、腕によりをかけて最高のディナーを作りますね。期待していてください」

　それを合図にしたかのように、長谷川がダイニングの端にあるワインセラーから次々とボトルを取り出し、「これは一九九八年ボルドーで作られた最高級の赤です。こちらはカリフォルニアで最近一気に有名になってきている蔵で作られたロゼです」などと、次々とワインを開け、鷹央がそのワインについてのうんちくを垂れつつ、次々にボトルを空にしていった。

メインのコースができる前のつまみとして、テーブルには（鷹央に気を使って味元が作ってくれた）カレースパイスで軽く炒めたナッツ類が置かれている。

グラスに注がれるワインを鷹央が次々と飲み干していくのを、向かいに座る燐火が目を細めて眺めていた。

ワインパーティーが開始されて三十分ほどして、味元が笑みを浮かべてキッチンから姿を現した。

「それでは皆さん、お待たせしました。ディナーのコースを始めさせていただきます」

味元が高らかに言う。その後ろから大きな盆を持った桃乃がやってくる。

桃乃が手にしている盆に載った皿を、長谷川が慣れた手付きでうやうやしく、一人一人の前に並べていった。

「本日の前菜は水ダコをマリネにしたものです。薄く切った水ダコに、バジルとワインビネガーを合わせ……」

得意げに料理の説明をしている味元のセリフを、鷹央の「あー！」という声がかき消した。

「どうしたのよ、鷹央？　急に発情期の猫みたいな声を出して」

耳を押さえながら燐火が尋ねる。

「誰が発情期の猫だ！」

鷹央は鼻の付け根にしわを寄せると大きく両手を広げた。

「大切なものがないんだ。あれがないと大変なことになる」

ただならぬ鷹央の様子を見て、胸に不安が広がっていく。一体なにがないと言うのだろう。もしかして、まだ事件は終わっていないということだろうか。

「なにがないって言うんですか？」

僕の問いに鷹央は「カレースパイスだ！」と声を上げた。

「はぁ？」

呆けた声が僕の口から漏れる。

「だから食事にいつも振りかけていたカレースパイスの小瓶がなくなっているんだよ」

言われてみれば、これまで食事の際には常にテーブルに置かれていた、鷹央が家から持ってきたカレースパイスの小瓶が見当たらなかった。

「なあ、私のカレースパイスを知らないか？」

焦り声で鷹央が長谷川に訊ねる。

この人、零心朗さんの足が刺されたり、心停止したりした時よりも焦ってないか？

「いえ、私は存じ上げませんが……」

長谷川は戸惑い顔で答えると、「お前は？」と桃乃に視線を送った。

「いえ、私も見ていません。これまではテーブルの清掃をする際に置いてあったのを見ましたが、先ほど掃除した時には見かけませんでした」

「部屋に持って帰ったんじゃないですか。あとで探せばいいじゃないですか」

たしなめるように言う僕を鷹央は睨みつけた。

「何度も言っているが、私はカレー味のものしか食べられないんだ。あのカレースパイスがないと、味元がせっかく腕によりをかけて作ってくれたディナーが食べられないんだぞ」

「そ、そうですね」

曖昧にうなずきながら僕は横目で味元を見る。彼の顔には何とも微妙な表情が浮かんでいた。

「ちょっと部屋を探してくる！」

そう言い残してダイニングから出ていく鷹央を呆然と見送ったあと、僕は味元たちに頭を下げる。

「うちの鷹央先生がすみません」

「いいえ、気にしないでください。なんと言うか……慣れました」

諦めの表情を浮かべた味元が肩を落としてキッチンに戻っていく姿に、僕は胸の中で土下座をする。

「うちの鷹央先生ねぇ……」

向かいに座る燐火が含みのある口調でつぶやいた。

顔を上げるとすでに酔いが回ってきているのか、やや頬が上気した燐火が、とろけた瞳で僕を見つめていた。

もともと息を呑むほどに美しい燐火の魅力に、妖しい色気が上乗せされ、僕はごくりと喉を鳴らして唾を飲み込んだ。

「まるで、鷹央が自分のもののような物言いね」

皮肉っぽい口調で言うと、燐火は赤ワインが入ったグラスを回す。紅の雫《しずく》がグラスの内側をゆっくりと伝って落ちていった。

事件は解決したが、燐火の僕に対する敵意が変わることはないらしい。

なんとか誤解を解きたいところだが、彼女が素直に僕の言葉に耳を傾けてくれるとは思えなかった。どうするべきか悩んで黙っていると、燐火が身を乗り出してきた。

「ねえ、小鳥先生だったかしら？」

「……小鳥遊《たかなし》です」

「あなた、本当に自分が鷹央っていう規格外の天才の隣に立てる人間だと思っているの？」

「いや、隣に立てるというか、僕はただの部下で……」

「そうですよ。小鳥先生は隣に立っているんじゃありません。尻に敷かれているんです」

こちらも明らかに酔いが回っている鴻ノ池が、さらに話がこじれそうな内容を口走る。

「どっちでもいいけれど、自分が鷹央と釣り合う人間だとでも？」

「まさかそんな」僕は慌てて否定する。「鷹央先生と釣り合う人間なんてこの世にいませんよ」

「……それが分かっているならいいわ。なら、これ以上鷹央を束縛しないでね」

僕の答えがお気に召したのか、燐火の表情がわずかに緩んだ。しかし、代わりに鴻ノ池の表情が険しくなった。

「鷹央先生を束縛ってどういうことですか？　小鳥先生は相棒としてずっと鷹央先生をそばで支えているんです」

「それが間違っているのよ。鷹央に相棒なんていらない。彼女に並び立てる人間なんてこの世に存在しないんだから。九頭龍先生ですらそれは認めていた。本当の天才というのは私などではなく天久鷹央君のような存在を言うんだ、ってね」

燐火はこれ見よがしにため息をつく。

「そんなことありません。鷹央先生には小鳥先生が絶対に必要なんです」

「おい、やめろって……」

興奮して椅子から腰を浮かした鴻ノ池を、僕は落ち着かせようとする。

「小鳥先生は黙っていてください。関係ないんだから」

いや関係あるだろ……。内心でツッコミながらも、鴻ノ池の剣幕に圧倒され、僕は「はい……」と首をすくめて口をつぐんだ。

燐火に再び向き直った鴻ノ池は、拳を握りしめる。

「小鳥先生が来るまで、鷹央先生はその才能を発揮できていませんでした。小鳥先生という頼れるパートナーがいるからこそ、鷹央先生はたくさんの患者さんを助けたり、不思議な事件を次々に解決したりできているんです。統括診断部があって、そして小鳥先生や私がサポートすることで、鷹央先生は思いっきり暴れ回ることができているんです」

あんまり暴れ回って欲しくはないんだけどね……。

再び心の中でもう一回ツッコミを入れつつも、僕は鴻ノ池の演説に少し感動していた。

確かに僕は凡人だ。鷹央のような飛び抜けた才能は持っていない。だが鷹央がその類いまれなる知性を生かし、社会に貢献する手伝いができるなら、僕が彼女の隣にいる意味はきっとあるはずだ。

胸郭の中に熱いものが込み上げてくるのを感じながら、僕は燐火の反応を窺った。

鴻ノ池の演説を聞き終えた燐火は、ふっと小馬鹿にするように鼻を鳴らした。

「あなたたちは本当に分かっていない。そもそも鷹央を二十三区外の中規模病院に閉じ込めておくこと自体が間違っている。あんなところでは、鷹央の本当の価値は発揮できない」

「そんなことありません。天医会《てんいかい》総合病院では、鷹央先生の才能を活《い》かすために統括診断部を作って……」

「その統括診断部っていうのは、医局員は何人いるの？」

セリフを燐火に遮られ、鴻ノ池は「うっ」とうめき声を漏らす。

「……三人です」

「それは鷹央とあなたを入れてでしょう。あなたはまだ初期研修医だから正式な医局員じゃない。ということは実質的な医局員はそこの小鳥先生だけ。しかも、小鳥先生は任期付きの大学からの派遣だし、天医会総合病院の院長は統括診断部を潰そうと躍起になっている。それが鷹央の才能を活かせる状況だと言えるの？」

「それは……」

言葉に詰まった鴻ノ池は、助けを求めるように僕に視線を送ってきた。

自分から嚙みついておいて、こっちに丸投げしてくるなよな……。僕は肩を落としつつ口を開いた。

「よく統括診断部のことを、と言うか、鷹央先生のことを調べていますね」

多少の皮肉を混ぜて言ったつもりだが、まるで燐火は褒められたかのように得意げに首を軽く反らした。

「当然じゃない。私にとって鷹央はいまでも大切な人なんだから。鷹央がどんな環境にいるのか、そこは鷹央の才能を活かせる場所なのか、可能な限り情報を集めているわよ」

医療の世界はかなり狭い。その気になれば業界内の様々な噂話《うわさ》を集めることは可能だろう。ただ、それにしても燐火の知っている情報は詳細すぎる気がする。下手をすると探偵でも雇っているのかもしれない。

「あなたなんかじゃなくて私がそばにいたら、きっと鷹央の才能をもっと開花させられたのに。もっと自由に羽ばたいて大空を飛んでもらえたのに……」

やけ酒を呷るように、燐火はグラスの赤ワインを一気に飲み干した。

「奥様、その辺りになさってはいかがでしょうか……」

さすがに客に対して失礼だと思ったのか、長谷川がたしなめるように言う。

燐火はつまらなそうに、「そうね」と小声でつぶやく、長谷川に向かってグラスを掲げた。長谷川は複雑な表情で、そこに赤ワインを注いでいく。

「あったぞー！」

出入り口の扉が勢いよく開き、鷹央がダイニングに飛び込んできた。その手にはカレースパイスの入った小瓶がしっかりと握られている。

「どこにあったんですか？」

僕の問いに、鷹央は「そんなに知りたいか？」ともったいぶるように言う。別に知りたくはなかったが、この重い空気を払拭するために話題を変えたかった。

「ええ、知りたいです。知りたいです」

「実はな、持ってきたリュックサックの中に入っていた。いやー、いつの間に入れたんだろうな。やっぱり大切なものだから無意識にしまっていたのかもしれない。しかし、蓋が開いていなくて幸いだった。万が一開いていたら、持ってきた着替えまで全部カレーまみれになってたからな」

カレースパイスが見つかったことで安堵《あんど》したのか、鷹央は上機嫌にもといた席に腰かけ、タコのマリネに容赦なくスパイスを振りかけはじめる。

「というわけで、待たせたな。それじゃあディナーを始めるとしよう」

鷹央の声がダイニングに高らかに響き渡った。

8

「腹いっぱい。もう食べられない」

メインディッシュである、フィレ肉のステーキを食べ終えた鷹央は、自らの腹を撫でながら小さくゲップをした。

スパイス紛失事件から約二時間、ディナーもようやく終わりに近づいていた。

「鷹央先生、さすがにマナー的にどうかと……」

僕が苦言を呈すると、鷹央は眉間にしわを寄せた。

「うっさいなあ。マナーなんて誰かが勝手に決めた所作に過ぎない。しかも時代によってどんどん変わっていくものだ。そんなものに囚《とら》われていては、人生において大切なものを見失ってしまうぞ」

なんだかよく分からない屁《へ》理屈をまくし立て始めた鷹央に、僕は「分かりました。分かりました」と小さく両手を上げる。

おかしな詭弁《きべん》を言わせたら、鷹央の右に出るものはいない。本気で相手をするだけ、こちらが消耗するだけだ。

「そうよ、鷹央みたいな本物の天才は、くだらない決まりごとに囚われちゃいけないわよね」

「おお、さすがは燐火だ。分かっているな」

鷹央は鼻歌混じりに言うと、ブランデーのロックが入っているグラスを掲げる。燐火は嬉しそうに、自分のデザートワインのグラスを当てて鷹央と乾杯をした。

「いいんですか？　鷹央先生、取られちゃいますよ」

隣に座っている鴻ノ池が、肘で脇腹をつついてくる。

「別に取られるとかそういうもんじゃないだろ」

疲れ果てているので、さっさとディナーをお開きにして部屋で休みたかった。

「あのー、もう食べられないということは、デザートはどうしますか？」

キッチンから出てきた味元が訊ねると、鷹央は「デザートは別腹！」と真顔になった。

「承知しました。すぐに準備してきますね」

味元がキッチンに戻っていくのを確認した鷹央は、うまそうにブランデーを口に含む。

「ちなみに酒も当然別腹だ。ディナーが終わったらそのまま飲み会に移行するぞ。今日中に九頭龍零心朗の秘蔵の酒、全部飲み干してやるからそのつもりでな」

せっかく事件が終わったのに、なんか壮絶な夜になりそうだ……。辟易《へきえき》した僕がうなだれていると、突然燐火が「あれ？」と声を上げた。

「ん？　どうかしたか？」

長谷川にブランデーのおかわりを注いでもらいながら鷹央が訊ねる。

「いま、アラームの音聞こえなかった？」

「アラーム？」

鷹央が聞き返すと、「やっぱり聞こえる」と燐火が席を立ち、出入り口に向かうと扉を勢いよく開ける。

「ほら、鳴っているでしょ！」

振り返った燐火が焦った声を張り上げる。

「アラーム音ということは、ご主人様の部屋からですか⁉」

長谷川の手からデザートのシフォンケーキが載った皿がこぼれ落ち、皿が砕け散る音が響き渡った。

「九頭龍先生！」

燐火が叫んでダイニングから飛び出していく。僕たちも慌ててその後を追った。

ホールを抜け、階段を駆け上がった僕たちは、零心朗の部屋の前までやってくる。

燐火の言った通り、確かに扉の向こう側からアラーム音が聞こえてくる。

まさか、またジゴキシン中毒が起きたとでも言うのだろうか。いや、心臓は完全に安定したはずだ。だとしたらなにが……。

不安で心臓の鼓動が加速していくのを感じながら、僕は長谷川が「ご主人様！」と叫んで扉を勢いよく開けるのを眺める。

開いた扉の向こう側に広がっていた光景を見て、思考が真っ白に染まった。

零心朗の喉元から出ている気管内チューブと、人工呼吸器が送り出す空気の通るチューブの接続が外れていた。

完全に全身の筋肉が麻痺している零心朗は、人工呼吸器の補助がなければ呼吸できない。つまり……。

僕は眼球だけ動かして、けたたましくアラームを鳴らし続けるモニターに視線を向ける。心電図の波形が完全に平坦《へいたん》になっていた。血圧と酸素飽和度は『測定不能』と表示されている。

長年の救急部での経験が、考えるより先に僕の体を動かした。

「鴻ノ池、蘇生処置をするぞ！」

指示を出しながら僕は床を蹴ってベッドに近づいた。

鴻ノ池が「はいっ」と覇気のこもった返事をしてついてくる。

柵に寄りかかるように横たわっている零心朗の体を仰向《あおむ》けにして、心臓マッサージを開始しようとしたところで、僕は息を呑んだ。

零心朗の腕がわずかにベッドから浮いていた。ベッド柵に引っかかっていたままの形で。

僕はそっと零心朗の腕を伸ばそうとする。枯れ木のような零心朗の腕を摑んだ僕の手に、想像していた以上の抵抗が伝わってくる。

「……鴻ノ池、蘇生処置は中止だ」

「え、どうしてですか？」

人工呼吸器と零心朗の気管内チューブを接続しようとしていた鴻ノ池が声を上げる。

「もう助からない。死後硬直がはじまっている。零心朗さんはかなり前に窒息死した。蘇生しようとしてもご遺体を傷つけるだけだ」

僕はいまも警告音を鳴らし続けているモニターを消し、人工呼吸器の電源を落とした。

電子音で激しく振動していた空気が凪《な》ぎ、耳がおかしくなったかのような沈黙が部屋に降りる。

「ご遺体って……。そんな……。どうして九頭龍先生が……」

扉のそばで立ち尽くしていた燐火が、その場に膝から崩れ落ちた。

「旦那様……」

長谷川がふらふらとベッドに近づき、零心朗の体に手を伸ばそうとする。

「だめだ！　触るな！」

鷹央の鋭い声が長谷川の動きを制した。

「どうしてですか？　旦那様が亡くなったんですよ！」

「ここは犯罪現場の可能性がある。明日の朝、警察が来るまで誰も触るな」

「犯罪現場……？」

へたり込んだままの燐火が鷹央を見上げた。

「ああ、そうだ。人工呼吸器と気管内チューブは、万が一にも外れることがないようにしっかりと固定されている。それを外すには意図的に接続を解除するしかない。そして閉じ込め症候群を患っている九頭龍零心朗自身には、決してそれはできないはずだ」

「つまり誰かがこの部屋に忍び込んでそのチューブを外して、零心朗様を殺害したということですか？」

法川が軽く息を乱しながら確認する。鷹央は「その通りだ」と頷いた。

「で、でも変じゃないですか」

味元が上ずった声を上げる。

「だって、さっきみんなでこの部屋から出た時には零心朗さんはちゃんと人工呼吸器と繋がっていましたよ。そこからみんなでダイニングに移動して、ずっと一緒にいたじゃないですか」

「もしかして、壱樹さんたちが？」

桃乃がはっと息を呑む。しかし鷹央は、「それはないだろう」と首を横に振った。

「九頭龍零心朗の子供たち三人は、キッチンの奥の倉庫に監禁されている。もしあそこから脱出できたとしても、この部屋に移動するまでに、キッチンとダイニングを通過しなければいけない。私たちがずっといた場所をな」

「それじゃあ誰もこの部屋に忍び込んで零心朗さんを殺したりはできないじゃないですか。この屋敷にいる全員にアリバイがあるんだから」

鴻ノ池が言うと、鷹央は「いいや。そんなことはない」と言って、左手の人差し指を立てた。

「一人だけアリバイのないやつがいる。三時間ほど前、みんなでこの部屋をあとにしたあと、数分間、ダイニングから出て単独行動をしたやつがな」

キッチンを出て単独行動……。

この三時間の記憶を探っていた僕は大きく息を呑み、その人物に視線を送る。この部屋にいる他の者たちも同じ人物を唖然とした表情で見つめた。

顔の横で人差し指を立てた鷹央を。

鷹央は唇の端を上げると、シニカルに言った。

「そう、この私、天久鷹央こそがこの屋敷で唯一アリバイのない人物。つまりは九頭龍零心朗殺しの最大の容疑者っていうわけだ」

第三章　猛毒のマリオネット

1

「それでどうするんですか……？」

ベッドの上で胡坐《あぐら》をかいている鷹央《たかお》に僕は声をかける。九頭龍零心朗《くずりゅうれいしろう》の死亡が確認されてから約一時間後、僕は鷹央と鴻ノ池《こうのいけ》とともに彼女たちの部屋にいた。

「どうするって、なんのことだ？」

鷹央はあくび混じりに言う。

「どうやって、零心朗さんを殺した真犯人を見つけるかに決まってるじゃないですか。いつもみたいに現場検証はできないんですよ。鷹央先生が容疑者なんだから」

明日、警察がやって来るまで、九頭龍零心朗の部屋の前には長谷川《はせがわ》と法川《のりかわ》が二人で待機して、誰も中に入れないと話し合いで決まっていた。当然、唯一の容疑者である鷹央やその仲間である僕たちが部屋に入って捜査をすることはできない。

「それは問題ない。あの部屋の状況については、ここに全て記録してあるからな」

鷹央は自分のこめかみを指でコンコンとつついた。

映像記憶という、一度見た光景を写真のように頭の中で再生し、それを見直せる特殊能力を鷹央は持っている。そういえば鷹央は自らが容疑者であることを自覚したあと、せわしなく部屋の中を見回していた。あれは頭の中に事件現場の映像を刻み込んでいたのか。

「それでなにか分かりましたか？　誰がどうやって、零心朗さんの気管内チューブの接続を外したのか」

自分のベッドで正座していた鴻ノ池が訊ねる。

「有力な仮説が一つだけあるぞ」

「本当ですか？」

鴻ノ池が目を見張る。僕も前のめりになった。

「ああ、本当だ」鷹央は皮肉っぽい笑みを浮かべる。「カレースパイスを取りに行くと言ってダイニングから出て行った私が、九頭龍零心朗の部屋に忍び込んで人工呼吸器と気管内チューブの接続を外したという仮説だよ」

「鷹央先生、いまはふざけてる場合じゃないですよ」

失望しながら僕が言うと、鷹央は「ふざけてなんかいないよ」と両手を広げた。

「いまのところ、それ以外に考えられないんだ。そして警察もおそらくその仮説を疑うだろう。朝になれば重要参考人として、私はほぼ逮捕されるような形で、長野県警に連れて行かれ、厳しい尋問を受けることになる。そうなったらゲームオーバーだ」

「ゲームオーバーって、そんなことありませんよ。だって鷹央先生はやってないんですから、すぐに誤解は解けますよ」

「そんな甘くはないさ」

鷹央はふっと鼻を鳴らす。

「私でも他の可能性を思いつけないような状況なんだ。愚鈍な警察官たちは私を犯人だと決めつけ、そしてなんとか自白を取るために逮捕して身を拘束しようとするだろう」

鷹央の顔に弱々しい笑みが浮かぶのを見て、僕は事態が想像以上に切羽詰まっていることに気づいた。

ただでさえ環境の変化に極めて脆弱《ぜいじゃく》な鷹央。拘置所での長期間の拘束に耐えられるわけがない。すぐに精神的に限界が訪れてしまうだろう。

唯我独尊的な態度から図太いと思われがちだが、その実、天久《あめく》鷹央という女性は極めて繊細であることを、僕はこの一年数ヶ月の付き合いで知っていた。

彼女の心は精巧に作られた美しいガラス細工のようなものだ。過度のストレスに晒《さら》されれば、すぐにでも儚《はかな》く砕け散ってしまう。

鴻ノ池もそのことに気づいたのか、さっき飲んだアルコールで上気していた顔がみるみると青ざめていった。

「分かったようだな」

僕たちの表情の変化を見て、鷹央が声をかけてくる。

「残された時間はそれほど長くない。朝までに九頭龍零心朗になにが起きたのか、その真相を突き止めなければ私は終わりだ」

「大丈夫ですよ！」

僕は声が上ずらないよう、腹に力を込めて言う。

「警察が来るまでにはあと七、八時間はあります。なにが起きたのか解き明かして鷹央先生の容疑を晴らすことができるはずです」

「おいおい、言い切っていいのか？　もしかしたら本当に私が犯人かもしれないぞ」

「そんなわけないですよ！　鷹央先生が零心朗さんを殺す理由なんてないじゃないですか！」

鴻ノ池が声を張り上げる。

「分からないぞ。もしかしたら学生時代から、なにか私と九頭龍零心朗の間に確執があり、ずっと恨んでいたのかもしれない。そしてさっき、カレースパイスを取りに行った時、千載一遇のチャンスだと思い気管内チューブと人工呼吸器の接続を解除して、窒息させたのかもしれない」

「鷹央先生が恨みで人を殺したりするはずがありません。私の知っている鷹央先生は殺人なんていう非合理的な方法はとりません」

「ああ、確かに私はいつも合理性を重視してきた。生まれついての性質で他人の感情をうまく理解できない私にとって、論理的であることこそ、この社会を生きていくための最も重要な処世術だからな」

　そこで目を細めた鷹央は「ただし」と付け加える。

「普段は理性的な人間が激情に飲み込まれ、犯罪に手を染めるのをこれまで何度も見てきただろう。私が例外とは断言はできないはずだ。それに九頭龍零心朗は私の元恋人である燐火《りんか》と結婚した。痴情のもつれってやつは犯罪の動機としてはかなりポピュラーなものだ」

　おどけるように鷹央は肩をすくめた。

「でも、鷹央先生が燐火さんを捨てたんですよね」

　僕が確認すると、鷹央は鼻の付け根にしわを寄せる。

「捨てたとか人聞きの悪いこと言うなよな。普通に別れただけだ。なんかうざくなったから……」

「それを捨てるっていうのでは……」

鷹央が「言われてみればそうか」とこめかみを掻《か》く。

「ただ捨てたとしても、その相手が自分の知り合い、しかも三十歳以上年上のバツイチの男と結婚してこんな田舎に引きこもっていたとなったら、思うところがあってもおかしくない。さっき九頭龍零心朗自身が言っていたように、燐火はもっと自分の才能が活《い》かされる場所で活躍すべき存在だ。それだけの価値があいつにはある」

鷹央の声に力がこもっていく。別れたとはいっても、燐火に対し親愛の情が消えていたわけではないことがその態度から伝わってきた。

鷹央はふっと表情を緩める。

「つまり、怒りと酔いに任せて九頭龍零心朗を私が殺そうとしたという可能性は完全には否定できないってことだ」

「いえ、それはおかしいです」

僕が即答すると、鷹央は「おかしいって、どこがだ？」と訝《いぶか》しげに眉をひそめた。

「二点あります。まず、鷹央先生はあれくらいで酔ったりしません。確かにワインを二本空けて、ブランデーをロックで何杯か飲んでいましたけれど、あんなのまだまだウォーミングアップだったはずです。鷹央先生が酔って判断能力を失うなんてことはありえません」

鷹央はネコを彷彿《ほうふつ》させる大きな瞳をしばたたいたあと、「確かにな」と相好を崩した。

「まだまだパーティーは始まったばっかりだったのに、こんなことになって酒盛りができなくなったのは残念だ。で、もう一点というのはなんだ？」

鷹央が僕を見つめてくる。僕は彼女の視線を真正面から受け止めた。

「この一年以上、すぐそばで見てきた鷹央先生は、誰よりも命というものに対して真摯でした。他のドクターが匙《さじ》を投げた複雑怪奇な症状を呈している患者も全力で診察し、そしてその天才的な頭脳で診断をつけて救ってきた。そこに一切の妥協はありませんでした。事件についてもそうです。命を落とした被害者の無念を晴らすため、そしてさらなる被害者を少しでも減らすため、鷹央先生は文字通り命がけで取り組んできました。そんな人が一時の感情で他人の命を奪うなんてことは絶対にありえません」

「……絶対なんていう言葉は、医師であり、そして同時に科学者でもある私たちにとって、そう簡単に使えるものではないんだぞ」

鷹央の目つきが鋭くなる。しかし、僕が目を逸《そ》らすことはなかった。

「分かっています。だから僕も軽い気持ちで使ってはいません。けれどいまは使います。絶対に鷹央先生は九頭龍零心朗さんを殺してはいません」

数秒の沈黙のあと、鷹央はフッと相好を崩す。

「全く論理的じゃないな。医師としても科学者としても失格だ。ただし……召使いとしては百点の答えだな」

「召使いじゃなくて部下ですってば！」

「まあまあ、細かいことはいいじゃないですか」

鴻ノ池が軽い口調で僕を諭す。

「細かくない！」

「少なくとも私たちの中では鷹央先生が犯人じゃないというコンセンサスが取れたんですから、零心朗さんになにが起きたのか考えていきましょうよ」

「そうだな、そもそも本当に私が犯人だったら、こんな露骨に自分が容疑者になるような方法はとらない。これまでに読んだありとあらゆるミステリ小説の知識を駆使し、絶対に自分が疑われないように、いやそれどころか、それが事件であるということすら誰にも気づかれないような完璧なトリックを構築して……」

鷹央はぐふふと怪しい笑い漏らす。

さっきの僕のフォローが台無しじゃないか……。

「えっと、まずは……」鴻ノ池は唇に手を当ててつぶやく。「鷹央先生以外でキッチンとダイニングにいた人たちはアリバイが成立しますよね」

「ああ、そうだな」

頷《うなず》きながら僕は記憶を探り始める。

四時間前にみんなで零心朗さんの部屋から出たときは、間違いなく人工呼吸器と気管内チューブは接続されていた。そして、そのあと僕たちは基本的に全員で動いている。ある意味、お互いがお互いを監視しているような状況だった。

「四時間前、部屋から最後に出た人が、気づかれずにそっとチューブを抜いた可能性はどうでしょう？」

「いや、それはないはずだ」

僕は首を横に振る。

「扉が閉まる瞬間、僕は念のためモニターを見て心電図が正常であることを確認していた。それにもしチューブが外れたら、圧力の異常を感知して人工呼吸器がアラーム音をすぐに鳴らすはずだ」

「やっぱりそんな単純なトリックじゃないかぁ」

鴻ノ池が腕を組むと、鷹央が口を開いた。

「私がスパイスを取りに行った時、零心朗の部屋の前を通ったが、その時もアラーム音は聞こえなかった」

「ということは、零心朗さんの気管内チューブが人工呼吸器から外されたのは、鷹央先生がスパイスを見つけて戻ってきてから、燐火さんがアラーム音に気づくまでの約二時間のどこかということですね」

僕が確認すると、鷹央は「あくまで、容疑者である私の言葉を信じれば、だがな」とからかうように言う。

この人、自分が容疑者になっているというシチュエーションをちょっと楽しんでいないか……？　そんなことを考えながら、僕は他の可能性を考える。

「そうなると一番怪しいのは、食料庫に閉じ込められていた三人ですね」

「えー、でも食料庫から出てきたら、そこはキッチンですから、絶対に味元さんか桃乃さんが気づいたはずですよ。そうでなくても、キッチンから零心朗さんの部屋に行くためにはダイニングを通過しないといけないから、私たちが気づかないわけないし」

「普通に考えたらそうだよな。ただ、僕たちの知らない零心朗さんの部屋への経路があったらどうだ？」

「秘密の抜け穴ってわけですか」

鴻ノ池が声を潜める。

「そうだ。僕たちはこの家を完璧には調べきれてはいない。もしかしたら隠し通路があってもおかしくはないし、そんなものがあれば零心朗さんの子供で、もともと九頭龍家の別荘であるこの屋敷に定期的に来ていた三人なら知っていたはずだ」

　真実に近づいた気がして、思わず声が大きくなってしまう。しかしすぐに鷹央の「いや、それは違うな」という言葉で興奮に水が差されてしまう。

「違うって、どうしてですか？」

「今日、私はこの屋敷を調べて間取りを確認しただろ。そのような隠し通路や隠し部屋が存在する余地はほとんどなかった」

「けれど、もしかしたらすごく細い通路が走っているかもしれないじゃないですか」

　僕の反論に鷹央は小さくあごを引いた。

「確かにその可能性は否定できない。ただし、それでもあの三人が犯人だとは考えにくい。なぜなら、もうあの三人に父親を殺す動機がないからだ」

　僕と鴻ノ池の口から同時に「あっ」という声が漏れた。

「そうだ。あの三人はもともと遺言書の書き換えをさせないために父親の命を奪おうと目論《もくろ》んでいた。しかし、もはや遺言書がどうあろうと、父親を殺そうとしたあの三人は遺産を受け取る権利がない。そんな状態で父親にとどめを刺したりしたらどうなる？」

「殺人未遂が殺人になって、さらに罪が重くなる……」

僕のつぶやきに、鷹央は「その通りだ」と頷いた。

「それに、地方の名士の殺人事件となれば、警察だって徹底的に捜査をする。鑑識が隅々まで調べれば、隠し通路なんて簡単に見つかってしまうはずだ。そもそも少なくとも金銭的な点では、この屋敷にいま九頭龍零心朗を殺害して得をする人物は誰一人いない」

「言われてみればそうですね」

四時間前に法川が発表した二つの遺言書の内容を思い出す。

「新しい遺言書では、燐火さんは手に入る遺産の額が二十%から七十五%にアップして、長谷川さんは二十%で変わらず、そして桃乃さんも五%手に入るようになる。損をする人は誰もいないんですね」

「そういうことだ」

鷹央は首を縦に振った。

「あの三人も違うとなると、屋敷の中にはもう他に容疑者はいませんよ。私たちが知らない誰かが忍び込んで、零心朗さんを殺したっていうことですか?」

鴻ノ池の声に焦りが混じる。

「それも違うとさっき確認しただろう」

鷹央はゆっくりと髪を掻き揚げる。

一時間前、鷹央自らが唯一の容疑者であると宣言すると、燐火が「そんなはずない！」と甲高い声を上げた。最愛の夫をかつて愛した元恋人が殺害したかもしれない。そんなつらい現実を必死に否定しようとしているかのように燐火の態度は見えた。

「九頭龍先生には敵が多かった。きっと誰かがこの屋敷に忍び込んで先生を殺したのよ」

そう主張した燐火は、防犯カメラの映像を確認することを提案した。壱樹たち三人が捕まってから家のありとあらゆるところに仕掛けてあった防犯カメラの大半は電源を落としていたが、屋敷の外、そして一階から二階へ上がる階段部分の防犯カメラは作動させたままだった。

僕たちは零心朗の研究室へと行き、録画された映像を全員で確認した。その結果、外部から不審者が屋敷に侵入した形跡は全くないこと、そして四時間前に僕たちがダイニングに移動してから、死亡した九頭龍零心朗が発見されるまでの間に、一階から二階へ階段を上がったのは鷹央しかいないことが確認されていた。

また、零心朗の死亡が発覚してすぐに、二階の部屋を徹底的に捜索したが、不審者を発見することはできなかった。

「あー、そっかー」

鴻ノ池は頭を抱える。

か」

「でも、それじゃあ本当に鷹央先生以外に容疑者がいなくなっちゃうじゃないです

その時ふと僕の頭にある仮説が浮かんだ。

「いや、一人だけいるんじゃないか。鷹央先生でもダイニングに行ったメンバーでも食料庫に閉じ込められた三人でもなく、犯行が行えた人が」

「え、そんな人いましたっけ？」鴻ノ池は視線を彷徨《さまよ》わせた。

「ああ、一人だけいる。ですよね、鷹央先生」

僕は鷹央に確認をする。彼女がこの可能性に気づいていないはずがない。

「お前がなにを言いたいか分かっている。九頭龍零心朗本人だろう」

「はい、そうです」

僕が頷くと、鴻ノ池が「えー！」と大きな声を出した。

「どういうことですか？　だって零心朗さんは閉じ込め症候群で動けないんですよね。気管内チューブの接続を外せるわけがないじゃないですか」

そこまで言ったところではっとした表情を浮かべ、鴻ノ池は声を潜める。

「零心朗さんが閉じ込め症候群だっていうこと自体が、フェイクだったのかもしれないってことですか？　本当は手足が動いたとか？」

「足は少なくとも動かなかったと思う」僕も声を低くする。「自分の足を刺させたと

いうことは、腰椎の破断は実際に起こっていて、下半身は運動神経も感覚神経も完全に遮断されていたはずだ。ただ、零心朗さんの手が本当に動かなかったのかどうかははっきりとは分からない」

「つまり、単なる下半身不随の状態で、手は普通に動かせたかもしれないってことですね。でもなんでそんなことをする必要があったんですか？」

「そこまではまだ分からないけれど、植物状態だと偽っていた人だ。なにか思惑があったのかもしれない。そして自分を殺そうとしていた犯人が明らかになったことに満足した彼は、自分の気管内チューブと人工呼吸器の接続を外した」

「自殺したってことですか？」

鴻ノ池の声が大きくなった。

「そうじゃないかと僕は思っている。いくら手が動こうが、もはや零心朗さんにライフワークであった研究をする身体能力は残っていない。この半年間ずっと求め続けていた事件の真相を知り、そして、最愛の妻へのメッセージも伝えることができた。もう思い残すことはないと思って、自らの命にピリオドを打とうとしたんじゃないかな。あと、もしかしたらこんな風にも思っていたかも。……自分が死ねば、愛する妻である燐火さんは迷うことなく己の道を歩むことができるはずだ、と」

「燐火さんの背中を押すために自分の命を……」

鴻ノ池が小さな声でつぶやいた。

「あくまで僕の想像だけどね。ただ零心朗さんが自分でチューブを外して自殺を図ったという可能性は高いと思う。どうですか、鷹央先生？」

僕は自分のアイデアの正当性を確認しようと横目で鷹央に視線を送った。鷹央は鼻の頭を掻くと、ゆっくりと口を開いた。

「確かに九頭龍零心朗が実は閉じ込め症候群ではなく、手を動かすことができ、そして人工呼吸器を外すことで自殺を図ったという仮説は完全には否定できない」

鷹央の答えに僕は小さく拳を握り込む。しかし鷹央はすぐに、「だが」と続けた。

「残念ながらその可能性は決して高くない。いや、極めて低いと言えるだろう」

「どうしてですか、零心朗さんの立場ならそう考えても……」

「そのような精神的な理由で否定したんじゃない。もっと医学的な理由で、いまお前が挙げた仮説はほぼ否定できるんだ」

「医学的な理由……」

僕がその言葉を繰り返すと、鷹央は「そうだ」とあごを引いた。

「お前の仮説では、九頭龍零心朗は腕は動かせたが、自発呼吸はできなかったということになる。だからこそ、人工呼吸器との接続を解除することで、自らを窒息死させることができた」

鷹央の指摘に僕は「あっ」と口を半開きにする。

「そうだ。呼吸筋を司《つかさど》る神経は腕よりも高い位置で脊髄から分岐している。事故による脊髄損傷で呼吸筋が麻痺《まひ》したならば、ほとんどの場合、それよりも下位の脊髄から分岐している神経は障害されているはずだ。呼吸筋だけ完全に麻痺し、腕は動くという状況は考えにくい」

「そ、それじゃあこういうのはどうでしょう」

僕は必死に脳を働かせて、頭蓋骨の中で新しい仮説を構築していく。

「零心朗さんは呼吸もできた。人工呼吸器と接続を外したから亡くなったように見せて、実はなにか毒を飲んだことによって亡くなっていた……」

「なかなか面白い仮説だが、それも間違っている。九頭龍零心朗は、自発呼吸はできなかったはずだ」

「どうして、そう言い切れるんですか？」

「人工呼吸器の設定だよ」

鷹央は顔の前で左手の人差し指を立てた。

「九頭龍零心朗と接続されていた人工呼吸器は、強制的に換気を行うモードになっていた。もし九頭龍零心朗に自発呼吸が残っているなら、人工呼吸器による換気と自らの呼吸がうまくシンクロせず、ファイティングを起こして強い苦痛を味わっていたはずだ」

ああ、言われてみればその通りだ。もし零心朗に呼吸をする能力が残っていたなら、人工呼吸器は患者の呼吸に合わせて圧力を変化させるモードにしておかなければならない。

僕の仮説を即座に否定できたところを見ると、鷹央はすでにその可能性に気づき、検討し、その上で違うという判断を下したのだろう。

「けれどそうなると、本当に誰も零心朗さんを殺せないってことになりますよ」

鴻ノ池の眉間にしわが寄った。

「そうだな。現状では私以外に九頭龍零心朗を殺害できる人間はいない。あと数時間以内に新しい仮説を思いつき、そしてそれが正しいという確証を得る必要があるな」

鷹央が低い声で言うのを聞いて、僕の胸に不安が湧き上がってくる。すでにこの屋敷にいる全員の犯行の可能性がほぼ否定されている。この状態で新しい仮説など思いつくことができるのだろうか。もはや状況は完全に詰んでいるのではないだろうか。

どうすればいい？　どうすれば鷹央が犯人ではないと証明して、彼女を救うことができるのだろう？　焦燥が僕の胸を焼き始めた時、不意にノックの音が響いた。

「誰だ？」

鷹央が訊ねると、ゆっくりと扉が開き、燐火が姿を現した。

「なんの用だ、燐火？　もしかして警察が来る前に私を殺して愛する夫の敵を討とうとでも思っているのかな？　ただ、それはやめといた方がいいぞ。ここにいる二人は武道の達人だ。たとえ、お前が拳銃を持っていても、小鳥《ことり》が私の盾になって守ってくれてるうちに、鴻ノ池がお前を投げ飛ばすことになる」

「僕、盾になって鷹央先生を守らないといけないんですか……？」

「召使い兼ボディガードなら当たり前だろ」

「だから僕は召使いでもボディガードでもなくて……」

「もう、そのコントみたいなやり取り、飽きたからやめてくれない」

氷のような冷たい口調で僕のセリフを遮ると、燐火は虫でも追い払うように手を振った。部屋の空気がピリッと張り詰めた。

「私は真面目な話をしに来たの。あなたのためを思ってね、鷹央」

「私のため？　自分の夫を殺害した最有力容疑者の私に一体なにをしてくれるって言うんだ？」

その小さな胸に秘めた無限の好奇心を刺激されたのか、ベッドの上で胡坐を組んでいた鷹央の体勢が前傾していく。

「あなたを助けてあげる。警察があなたを逮捕したりできないように私がする」

「ほう、具体的にはどうやって？」

「事件をなかったことにすればいい」

押し殺した声で燐火は言った。

「なかったことに？　そんなことできるんですか？」

鴻ノ池が目を大きくする。

「できるんじゃなくて、するの。私は九頭龍先生のそばにずっと寄り添ってきた。妻としてだけじゃなく、医師としてもね」

「……なるほど、九頭龍零心朗を自然死として、死亡診断書を発行するということか」

「ええ、そうよ」

燐火が頷いたのを見て、僕は鼻の付け根にしわが寄っていくのを感じた。

「けれど、あれは自然死なんかじゃない。零心朗さんは人工呼吸器との接続が外れて窒息死したんですよ。明らかに異常死だ。犯罪行為になりますよ」

「そんなこと分かってる！」

鼓膜に痛みを感じるほどの大声で燐火は叫び声をあげた。悲痛な叫び声を。

「でもそうしないと、鷹央が逮捕されちゃうのよ。この子に拘置所なんて耐えられると思う？　この天才がそんなところで壊れていくのなんて私は絶対に許せない！」

「だからって……」

戸惑いつつつぶやいた僕は、燐火に刃物のような視線で射抜かれ、口をつぐんだ。

「あなた、それでも鷹央のいまのパートナーなの？　鷹央がボロボロにされてもいいの？　鷹央にとってどうするのが一番いいのか考えるのが、本当の相棒じゃないの！」

燐火に一喝され、言葉が継げなくなる。確かに燐火の言う通りかもしれない。鷹央が犯人としか思えない状況。真相解明の糸口もつかめておらず、そしてタイムリミットは近い。いまはまず鷹央を守ることを最優先に考えるべきかもしれない。そのためには燐火の提案は理に適《かな》ったものだった。

「でも、これが自然死じゃないことは、この屋敷にいる他の人たちも知っています。燐火さんが死亡診断書を書いても、警察はそれを信じないんじゃないですか？」

「それは大丈夫。私が何とかする。朝までにみんなを説得するから」

低く籠った燐火の声は、九頭龍零心朗が命を落とし、そしてその子供たちが失脚したいま、自らが九頭龍家の代表であるという強い意志を感じさせた。

九頭龍家は地元の名士であるとともに、この地方に大きな税を落としている存在でもある。警察といえども新しい九頭龍家の当主に、そう簡単には疑いはかけられない。そしてこの屋敷の使用人たちは、九頭龍家の力を身に染みて知っているからこそ新しい当主の言葉に逆らうことはできないだろう。

ここで鷹央が燐火の提案を受け入れれば、当面の危機は脱出できる。真実を探るための時間的猶予を手に入れることができる。鷹央のためを思えば、この提案は受け入れるべきだ。

……けれど、それでいいのだろうか？

僕が悩んでいると、鷹央がゆっくりと口を開いた。

「燐火、お前は私が夫を殺したと思っているのか？」

この部屋にやってきて初めて、燐火の顔に動揺が走った。

「……分からない。あなたじゃないと信じたい。けれど状況からしてあなたが九頭龍先生を殺したとしか思えない」

苦悩に満ちた声を燐火は絞り出す。

「夫を殺したとしか思えない容疑者を、どうして助けようとしているんだ」

鷹央は首をわずかに傾けた。その態度は燐火の行動原理に対して、純粋な好奇心を覚えているかのように見えた。

「あなたは本物の天才よ。学生時代、そばで見てきた私は知っている。そんなあなたの才能を消し去るわけにはいかない」

「その才能を持つ人物が、自分の最愛の伴侶を奪った人間だとしてもか？」

わずかな躊躇《ちゅうちょ》のあと、燐火は首を縦に振った。

「閉じ込め症候群で消耗していた九頭龍先生の命は、もともと残り少なかった。九頭龍先生という才能がこの世界から失われて、そしてこれから活躍すべきあなたという才能まで消えてしまうなんてことが許されるわけない。九頭龍先生もそんなことを望んでいるはずはない」

「そうか……。では、その提案の続きを聞こうか」

鷹央はすっと目を細める。鴻ノ池が「続き？」と不思議そうに瞬《まばた》きをした。

「そうだ。死亡診断書を捏造《ねつぞう》するという明らかな犯罪行為をするんだ。そのリスクに見合う要求を私にするつもりだろう。それが取引ってもんだ。ほれ、私になにをしてほしいんだ。とりあえず言ってみろ」

「別に大した要求なんてない。私はただ、あなたがあなたらしくいてほしいだけ。だからその手伝いをさせてほしい」

「手伝い？　どういうことだ？」

「九頭龍先生の遺産を継いだら、私はそれで病院を作ろうと思っている。患者さんのことを第一に考え、そして、あなたの才能を思う存分に生かせるような、診断が困難な症例が集まる専門病院を」

「ほう、それはなかなか面白そうだ」

興味を引かれたのか鷹央の眉がピクリと動く。

「だから、その病院に来てほしい。私があなたの居場所を作る。そこであなたの才能を思う存分発揮して！　あなたを私のそばに置かせて！」

強い思いを乗せた燐火の言葉が、部屋の空気を揺らす。

鷹央は一体どう答えるのだろうか。僕はごくりと喉を鳴らして唾を飲み込みながら、鷹央の回答を待つ。

鷹央は一度大きく深呼吸をしたあと、ゆっくりと口を開いた。

「悪くない取引だな」

「じゃあ……」

目を輝かして前のめりになる燐火を、鷹央は手のひらを突き出して止める。

「ただし、私がその申し出を受けるわけがない、という点を除けばだけどな」

期待に輝いていた燐火の顔が、炎で炙《あぶ》られたロウのようにぐにゃりと歪《ゆが》んだ。

「なにを言ってるの？　これ以外にあなたが助かる方法なんてないでしょ。理論的に考えたらこれが一番いい解決方法のはず」

燐火は必死に説得しようとする。しかし鷹央は首を横に振った。

「その取引を受け入れたら、警察の尋問で壊される前に私は私でなくなってしまう」

「どういうこと？　なにを言っているの？」

わけが分からないといった様子で、燐火は弱々しくつぶやく。

「全ての不可能を除外して、最後に残ったものが如何《いか》に奇妙なことであっても、それが真実となる」

鷹央は淡々と、彼女が敬愛の念を抱く世界で最も有名な名探偵シャーロック・ホームズの言葉を口にした。

「私はこの言葉を胸に刻みつけて、これまで生きてきた。どんな不可解な謎でも、どんな困難な状況でも、ただひたすらに真実を追い求めてきた。それによって誰かが苦しみ、そして傷つくとしてもな」

鷹央の言葉に、僕は口を堅く結んで耳を傾け続ける。

「『正しさ』というものは、その社会の空気感によって左右されるものだ。生まれながらの性質として、その空気感を読むことができない私にとって、真実を暴くことが『正しい』か否か、判断することは困難だ。だから私は、それを暴くことでなにが起ころうと、ただ真実を求め続けた。そんな私が自らの保身のために真実を歪めるなど決して許されることではない。だから私は、決してこの取引を受けることはない」

「でも、それじゃあ……」

なんとか鷹央を翻意させようと、燐火が言葉を継ごうとする。しかし鷹央は、「以上だ」と腹の底に響く声で告げた。

「私たちは朝までに、九頭龍零心朗の身になにが起きたのか、その真実を解き明かさなくてはいけないんだ。悪いがこれ以上お前と話している暇はない」

明確な拒絶に、燐火は唇をかみ、震えるほど強く拳を握り込むと、勢いよく身を翻して部屋から出て行った。

扉が閉まる大きな音が響き渡る。

「怒らせちまったみたいだな」

鷹央は苦笑すると、「それじゃあ、改めて事件について話し合うぞ」と、気を取り直すように言った。

「はい！」僕と鴻ノ池は覇気のこもった返事をする。

いま燐火が提案した取引。それを受けた方がいいのではないかと一瞬思ってしまった。だが、鷹央の言葉を聞いて、それが間違いであったことに気づかされた。

もし取引を受ければ、鷹央は自らを否定することになる。彼女が彼女でなくなってしまう。それでは意味がないのだ。

生まれながらの性質で他人との関係性を築くことが困難で、社会の中で生きていくことに、大きなハンディキャップを背負っていた鷹央。そんな彼女がいままで折れることなく凛々《りり》しく生きてこられたのは、妥協することなく、あらゆる真実を明らかにするという生き方、彼女なりの処世術をブレることなく貫いてきたからだ。なら、この一年数ヶ月、一番近くで彼女を見守り、そして力を合わせて様々な真実を明らかにしてきた僕がやるべきことは、彼女が彼女であり続けられるよう全力で支えることのはずだ。

心を決めた僕は、ベッドに座っている鴻ノ池がしきりに目をこすっていることに気づく。

「おい、鴻ノ池、大丈夫か？」

「あ、大丈夫です。ちょっと頭がボーっとして……」

「もう遅い時間だし、お前さっきかなり飲んでいたからな」

この屋敷に着いてから、あまりにも事件が立て続けに起こりすぎ、心身ともに疲れ果てている。その上、アルコールをかなり摂取した鴻ノ池がグロッキーになるのも当然だ。

「運転中に使う眠気防止用のガムがあるから、部屋から持ってきてやろうか？　かなりカフェインが入ってるやつ」

「あ、お願いしていいですか。すみません」

珍しく殊勝な態度で首をすくめる鴻ノ池に「気にするな」と声をかけると、僕は鷹央たちの部屋を出てすぐそばにある自分の部屋へと入り、旅行用のボストンバッグの中を探る。

「えーと、たしかこの辺りに入れていたはずなんだけど。ああ、あった」

ガムをバッグから取り出したとき、背後から扉が開く音が聞こえた。振り返った僕は目を見開く。そこには九頭龍燐火が立っていた。

「あ、あの、ここって僕が使っている部屋ですけれど……」

「ええ、分かってるわよ」

燐火は後ろ手に扉を閉める。

心臓の鼓動が加速していく。こんな美人と密室で二人きりになっているので、普通なら淡い期待で心拍数が上がりそうなものだ。しかし、この二日間、燐火から敵意をぶつけられ続け、さらには鷹央に対する異様なまでの執着心を見せつけられたためか、僕の胸に湧き上がっている感情は警戒と不安、そして恐怖だった。

「僕になにか用ですか？」

「用があるから来たに決まっているじゃない」

氷のような冷たい声で燐火は言う。

「ちょっとあなたと二人だけで話がしたかったのよ。そうしたら、あなたが一人で自分の部屋に戻っていくのが見えた。だからいい機会だと思ってね」

いい機会って、なにをするのにいい機会なのだろう。もしかして僕、この人に殺されたりする？　不安がどんどん胸の中で広がっていく。

「そんなに警戒しないでよ」

おどけるように肩をすくめて燐火は微笑《ほほえ》む。しかしこちらを見つめるその瞳だけは全く笑っていないことに僕は気づいていた。さらに警戒心が強くなる。

「鷹央に捨てられた昔のパートナーとして、いまのパートナーとちょっと情報交換でもできればいいかなと思ったのよ」

「パートナーと言っても、燐火さんと僕とではかなり意味合いが違う気がするんですけれど……」

「あなたが鷹央とどういう関係なのかはあまり興味ない。というか、正直聞きたくない。私の大切な鷹央がむさい男と付き合っているなんて……」

「だから付き合ってなんていません！　僕と鷹央先生は単なる仕事上の関係に過ぎません」

どうやったらこの誤解を解けるんだろう。僕は頭を抱える。鴻ノ池のやつが最初におかしなことさえ言わなければここまで誤解されることもなかったのに。脳裏に怪しい笑みを浮かべる鴻ノ池の姿が映し出され、不安を怒りが侵食していく。

「いきなり情報交換と言っても混乱するのも当然よね。まあ、とりあえず私から持ちかけた話だから、あなたにとってとっても耳寄りな情報を教えてあげる」

燐火は声を潜める。

耳寄りな情報？　もしかしたら、鷹央の無実を証明するための手がかり？

バラ色の燐火の唇が開いていくのを、僕は息を殺して見つめる。

「私と鷹央は一年以上恋人関係だったけれど、肉体関係はなかった」

期待していた内容とはあまりにもかけ離れた情報に、脱力感が襲いかかってくる。

その場にへたり込みそうになっている僕の前で、燐火は一人で話し続けた。

「私の方は早く関係を深めたいと思って、付き合ってすぐに迫ったんだけど、鷹央に完全に拒絶されちゃった。私もちょっと急ぎ過ぎちゃった。あの子にとって他人に全てをさらけ出すような行為はハードルが高すぎたのよね。それ以来はあの子に嫌われるのが怖くて迫れなくなっちゃった。そうこうしているうちに別れて、最終的に愛し合う機会はなかった」

「……さいですか」

完全に興味を失っている僕は、生返事をする。

「なに、その反応は？　あなたにとっては嬉《うれ》しいんじゃないの？　聞けて良かったと思ってるでしょ？」

「いえ、別に……」

というか、できれば知りたくなかった。その情報を知っていることで、今後なにか自分の身に災難が降りかかってくる可能性があるような気がする。

「これだけ大切な話を教えたんだから、あなたにもしっかり話してもらうわよ」

別に聞きたくなかったのに……。理不尽だと思いながらも、燐火との会話でなにか事件解決の手掛かりが手に入るかもしれないと思い、僕は力なく「なにが知りたいんですか？」と訊ねる。

「鷹央は本当に、私の取引を受けないつもりなの？」

「ええ、そうですよ」

　僕が即答すると、燐火の表情が歪んだ。

「なにを考えているの？　朝になれば取り返しがつかないことになるのよ」

「だからって安易に妥協なんかしない。自分の信じた道を、その人並み外れた知性を駆使してただひたすら突き進む。それが鷹央先生です。燐火さんだって知っているでしょ」

「分かってる。あの子がどれくらい頑固なのかも。そして、大抵のことは乗り越えられるだけの特別な力を持っていることも」

　燐火の声は苦悩に満ちていた。

「けれど、今回は状況が違う。本当にあの子が壊されてしまうかどうかの瀬戸際なのよ」

「そうならないように、朝までに真相を解き明かします。鷹央先生ならきっと何とかするはずです」

　僕が答えると、燐火はため息をついて額に手を当てた。

「楽天的ね。けど、あなたが私と同じように鷹央の才能を高く評価していることはよく分かった」

「それは評価しますよ。あの人のそばにいれば、その知性がどれだけ超人的か嫌でも思い知らされますからね」

「それなら理解できるでしょ。あの子がどれだけ貴重な存在か。奇跡的なまでの知性を秘めたあの子を、このまま壊すなんてことは絶対にできない。だから協力して」

「協力って、なにをですか？」

「決まってるじゃない。私のさっきの提案を飲むようにあなたが鷹央を説得して」

「僕が説得……」

「そう。悔しいけれどいまの鷹央は間違いなく、あなたに気を許している。あなたを信頼している。……私と交際をしていた時よりもずっと。私の言葉はあの子に伝わらなかったけれど、あなたの言葉なら鷹央の心を動かせるかもしれない。あなたならあの子を救えるかもしれない」

僕なら鷹央の心を動かせる。彼女を救える。燐火が口にしたことを胸の中で繰り返したあと、僕は「もしかしたらそうなのかもしれませんね」と微笑んだ。

「なら……」

燐火が前のめりになるが、僕はゆっくりと首を横に振った。

「でも僕が鷹央先生に、あの取引をするように勧めることは絶対にありません」

「なにを言ってるの⁉　あなた、鷹央のことが大切じゃないの⁉」

　燐火が声を荒らげる。

「大切ですよ。大切な上司で、大切な仲間で、そして……大切な人です。だからこそ、僕は鷹央先生に取引を勧めることはしません。それをすることは鷹央先生のプライドを深く傷つけ、そしてアイデンティティを奪うことになるから……」

「プライド？　アイデンティティ？　くだらない！　そんなものよりまずは、鷹央の心身の安全を確保することでしょうが！」

「ええ、だから、そのために早く誰が零心朗さんを殺したのか、それを突き止めようとしているんですよ」

「……あなた、本気で鷹央以外に犯人がいると思っているの？　どんな状況か分かっているでしょ？　どう考えても鷹央が殺したとしか思えない」

「さっき鷹央先生が言っていたじゃないですか。『全ての不可能を除外して、最後に残ったものが如何に奇妙なことであっても、それが真実となる』ってね。まだ全ての不可能を検討していません。だからきっと真実が見つかって鷹央先生の疑いは晴れますよ」

「なんでそう言い切れるの⁉」

噛《か》みつくように叫ぶ燐火に僕は微笑みかける。

「だって、鷹央先生が人を殺したりするわけがありません。そして同時に、鷹央先生に解けない謎があるわけがないからですよ。この一年以上、いくつも摩訶《まか》不思議な事件に巻き込まれ、それを鷹央先生が鮮やかに解き明かしていくのを目の当たりにしてきた僕は、そう確信しています」

そこで一度言葉を切った僕は、柔らかく燐火に声をかける。

「だから、できれば燐火さんも信じてみてください。今回も鷹央先生はきっとこの追い詰められた状況を乗り越えられると」

「そんなことできるわけ……」

燐火が反論しかけたとき、勢いよく扉が開いた。驚いた僕が見ると、鷹央が鴻ノ池を引き連れて部屋に突入してきていた。

「よく言った、小鳥！　それでこそ私の召使いだ！」

「だから部下です！」

もう、わざと言ってるだろう。この人……。

「なんで急に入ってきたんですか？　まさか鴻ノ池と一緒に盗み聞きしていたんですか？」

「人聞きの悪いことを言うな。お前たちがもめている声が聞こえてきたんで廊下に出て、扉に偶然耳をつけていたら話の内容が全部聞こえただけだ」

「偶然って言葉の意味、知ってます？」

まあ、この二日間、僕に対してずっと敵意剝《む》き出しの燐火と二人っきりにしたら危険かもしれないと心配してくれていたのかもしれない。

「お前みたいにいつもフラれて女に飢えている男の部屋に燐火が一人でいるんだぞ。監視しておかないとなにが起こるか分からないだろう」

「僕じゃなくて燐火さんの心配をしていたんですか⁉」

僕が声を裏返すと、鷹央は「当然だろ？」ときょとんとした表情を浮かべた。

そんなに信用されてないのか、僕は……。僕と鷹央先生のお互いへの信頼度、あまりにも非対称的すぎないか……？

本気で落ち込んでいる僕を尻目に、鷹央は燐火に視線を送る。

「いま小鳥が言ったことが全てだ。私は決して取引には応じない」

「本当にそれでいいの？　あとで後悔することになるわよ」

燐火の声はどこまでも硬かった。

「後悔なんかしないさ」

鷹央はシニカルに唇の片端を上げると、鴻ノ池の手を取って僕の方に近づいてくる。

「なあ燐火、お前はさっき私に居場所をくれるって言ったよな」

「ええ。あなたの才能を最大限に活かせる居場所を私が作ってあげるって」

「その心遣いはありがたいよ。純粋に感謝する。けれどな……」

鴻ノ池を引き連れて僕のそばまでやってきた鷹央は、無造作に手を伸ばして、僕のポロシャツの襟を摑《つか》んで引き寄せる。

「もう私にはな、居場所はあるんだよ」

鴻ノ池と前かがみになった僕の首に手を回して肩を組むと、鷹央は朗々と言い放った。

「こいつらがいる統括診断部こそが、私の居場所だ。こいつらといることで、私は自分の才能を最大限に、そして楽しく発揮できている。だから燐火、お前は私を心配しなくていいんだ。私はもう大丈夫だからな」

燐火の表情筋が複雑に蠕動《ぜんどう》し始める。その端整な顔に怒りとも悲しみとも、そして絶望ともつかない表情を浮かべると、燐火は無言で身を翻し部屋から出て行った。

「変わらないな。あいつ、不機嫌になるといつもああやって黙ってどっか行っちゃうんだよ」

鷹央は苦笑すると、肩を組んだままの僕と鴻ノ池に向かって高らかに言った。

「よし、部屋に戻って謎解きの再開といくか。私たちならどんな困難だって乗り越えられるはずだ。急ぐぞ。時間がないからな」

2

「……本当に時間がない」

屍《しかばね》のように、ベッドに横たわった鷹央が覇気のかけらもない口調で言う。

僕の部屋で燐火に啖呵《たんか》を切ってから、三時間近くが経過していた。すでに午前二時を回っている。もう一つのベッドの上では酔いと睡魔の二重攻撃を受けている鴻ノ池が、正座したまま左右にゆらゆらと揺れながら、僕が渡したカフェイン入りのガムを延々と噛み続けていた。

この三時間、散々議論を尽くしたが、事件解決の突破口になりそうな手がかりはなに一つ見つかっていなかった。

鷹央が犯人の訳がないのに、鷹央以外に犯行が可能な人物も存在しない。その矛盾を克服できないまま、ただ時間だけがサラサラと流れ続けている。

僕たち三人が力を合わせれば、どんな困難も乗り越えられる。九頭龍零心朗の死の真相を解き明かし、鷹央の身に降りかかった濡《ぬ》れ衣《ぎぬ》もすぐに晴らすことができる。その確信は時間が経《た》つとともに、波に晒《さら》され続けた岩礁のように徐々に削られ、いまは気を抜けば水面下に姿を消してしまいそうなまで小さくなっていた。

「ああ、やっぱり燐火と取引しとけばよかったかな……」

ベッドに俯《うつぶ》せになった鷹央が、バタバタと足を動かしながらぼやく。

「……決して後悔しないって言っていたじゃないですか」

頭を使いすぎたせいか、鈍痛がわだかまる額を僕は押さえた。

「後悔しないって言ったことを後悔しはじめているんだよ」

「そんな禅問答みたいなこと言っている暇があったら、少しでも零心朗さんになにがあったのか考えましょうよ」

「とは言っても、もう完全に袋小路にはまり込んでる気がするんですよね」

もはや姿勢を維持しているのも困難なのか、メトロノームのように体を左右に揺らしながら、鴻ノ池がやや呂律《ろれつ》が回っていない口調で言う。

「だって、鷹央先生以外の全員に完璧なアリバイがあるんですよ。どれだけ考えても零心朗さんの気管内チューブの接続を外せる人いないんですもん」

「うーん、そうなると『全ての不可能を除外して、最後に残ったものが如何に奇妙なことであっても、それが真実となる』という思想のもとには、私が犯人ということになるなぁ。私はやっていないのに、私が犯人だということが真実になるとはこれ如何に？　全く不思議なことだ」

さすがの鷹央も疲れ果ててきているのか、もはやわけの分からないことを口走りはじめる。

「二人とも、ネガティブなことばかり言うのやめましょうって。とりあえずこれまでに分かっていることをまとめましょう」

僕はそう提案すると、動きが悪くなっている頭を必死に働かせる。

「この数時間、何度も議論しましたけれども、やっぱり鷹央先生以外にアリバイがあるのは確かだと思います。だから鷹央先生以外の人が直接、零心朗さんの気管内チューブの接続を外したという可能性はほとんどない。そこまではいいですね」

「あー、そうだな」

鷹央はけだるそうに頷く。

「だから、私が犯人だということになる。ただ、私は私自身がそんなことしていないと知っている。この矛盾を解決する方法はどんなものがあるだろう。もしかしたら、私は無意識に九頭龍零心朗を殺害していたのか。それとも意識的に殺害したが、なんらかの理由でその記憶が抜け落ちているということも考えられる。そのような現象が起きるとしたら、どんな理由で……」

自分が犯人であることを前提に謎を解こうとしはじめた鷹央を、僕は「ストップ！ストップ！」と慌てて止める。

「まず、鷹央先生が犯人ではないという前提で考えましょう」

僕の説得に鷹央は「……それもそうだな」と力なく同意してくれた。

鷹央がまた、「その前提が正しいとは限らない。あらゆる可能性を模索すべきだな」とのおかしなこだわりを見せなかったことに胸を撫《な》でおろしつつ、僕は言葉を続ける。

「鷹央先生でも、ダイニングとキッチンにいたみんなでも、倉庫に閉じ込められていた三人でもないとしたら、やっぱり犯人としてありえるのは零心朗さんしかいないと思うんですよ」

「しかし、九頭龍零心朗が閉じ込め症候群を患っていなかったことは考えにくい。そう結論が出ているだろう」

鷹央は面倒くさそうにかぶりを振った。

「ええ、そうです。だから零心朗さんは閉じ込め症候群を患っていた。その上で零心朗さんは自分の気管内チューブと人工呼吸器の接続を解除した。その二つが成り立つ可能性はないですかね」

「つまり、九頭龍零心朗は全く体を動かせなかったにもかかわらず、なんらかの方法で気管内チューブと人工呼吸器の接続を解除し自殺を図ったということか。お前がさっき、私以外、『直接』チューブの接続を解除できないと言ったのはそういう意味か?」

「はい、そうです。最初の零心朗さんの足が刺された事件のときは、まず、あのロボットがやったんじゃないかと疑われました。それは零心朗さんが天才的なプログラマーでロボットにどんな機能を持たせていたか分からなかったからです。同じように今回の事件でも、零心朗さんが前もってプログラミングしていた機械を使用して、気管内チューブの接続を外した可能性は検討すべきだと思います」

「けど、小鳥先生……」まだ左右に揺れている鴻ノ池が手を上げる。「足を刺された時と違って、今回零心朗さんの部屋にはロボットはいませんでしたよ」

「分かってる。ただロボットの代わりになにかを動かして、気管内チューブの接続を外させたんじゃないか？」

「えー、そんなものありましたっけ？　あの部屋にある機械といえばモニターと人工呼吸器、あと、点滴の速度を調整する点滴チェッカーぐらいじゃなかったですか？　ねえ、鷹央先生」

鴻ノ池に水を向けられた鷹央は瞼《まぶた》を落として、十数秒黙り込む。おそらく頭の中で事件現場の映像を映し出し、確認しているのだろう。

「舞《まい》の言う通りだな」

目を開けた鷹央は静かに言う。

「確認したが、チューブの接続を外せるような複雑な動きができる機械はあの部屋にはなかった」

「じゃあもしかしたら、その機械はチューブの接続を外したあと、扉を開けて出て行ったのかも。零心朗さんなら、ロボットにそこまでプログラムすることも可能なんですよね？　きっともう一体ロボットがあるんですよ！」

そうだ、そうに違いない。確信を持った僕の興奮に冷や水を浴びせるように鷹央がぼそりとつぶやいた。

「で、そのロボットはいまどこにあるんだ？」

「え、どこって……」

「自動的に動いて扉を開けて侵入し、気管内チューブの接続を外して九頭龍零心朗を殺したあと、部屋から出て行って再び扉を閉める。そんな複雑なことができるロボットとなればそれなりの大きさが必要だ。ちなみに一階と二階をつなぐ階段、そして九頭龍零心朗の部屋の外を映した防犯カメラの映像にもそんなロボットは映っていなかった」

「それならこの二階のどこかに隠れて……」

「どこにそんなロボットが隠れるスペースがあるって言うんだ？　さっき二階にある部屋は全部調べただろ。少なくともお前の仮説の中で行われている複雑なミッションをこなせるほどの高性能なロボットは見つからなかった」

言われてみればその通りだ。「おかしなこと言ってすいません」と僕は首をすくめる。

「謝る必要はない。いまは仮説を出すことが必要だ。ロボットを使った自殺ということは考えにくいが、それにより、また新しい仮説のアイデアが浮かんでくるかもしれない」

「そうですよね。零心朗さんが自殺をしたっていうことは、十分あり得る気がしますよね」

僕と鷹央の議論を聞いて少し目が覚めたのか、鴻ノ池がさっきよりはっきりした声で言った。

「もしものときのために、自分の命を終わらせる準備を零心朗さんがしていてもおかしくないと思うんですよ。だって、交通事故であんな状態になる前から、かなり体調悪そうでしたもんね。写真で見た事故前の零心朗さん、なんか瞼が重そうというか、目が半開きというか、すごく元気なさそうでしたし、確か体がだるくてまともに歩くのも難しくなっていたんですよね。それなら、事故がなかったとしても近いうちに寝たきりに近い状態になっていたかもしれないし」

「そうだよな」

僕は鴻ノ池の意見に同意する。

「しかも、亡くなる直前の零心朗さんの状態は寝たきりよりはるかに辛《つら》い。移動も食事も、排泄《はいせつ》行為すら全て介助が必要な状態だ。けれど日本では安楽死は認められていない。体の中に意識が閉じ込められた苦痛になんとかしてピリオドを打ちたいと思ってもおかしくないよな。鷹央先生はどう思います？」

声をかけた僕はまばたきをする。鷹央が口を半開きにして、虚《うつ》ろな瞳で空中を見つめていた。

「目が半開き……。排泄も全介助……」

力なく開いた鷹央の桜色の唇の隙間から、小さなつぶやきが漏れる。

僕と鴻ノ池は顔を見合わせると、頷き合って口を堅く結んだ。これまでの鷹央との長い付き合いで僕たちは知っていた。鷹央がこのような状態になるのは、なにかに気づいた時だと。なにか事件の真相に迫る大きな手がかりに……。

瞳の焦点を失った鷹央がブツブツと念仏のように小声でつぶやくのを、僕たちは息を殺して見つめ続けた。数十秒後、鷹央は「ああっ！」と悲鳴のような声を上げると、その華奢《きゃしゃ》な体躯《たいく》を大きく震わせた。

「分かった！　分かったぞ！」

鷹央はベッドの上で勢いよく立ち上がり、天井に向かって吠《ほ》えるように言う。

「分かったって、なにが分かったんですか？」

僕の問いに、鷹央はにやりと不敵な笑みを浮かべた。

「もちろん全てだ。誰がどうやって九頭龍零心朗を殺害したのか。その真相に気づいたんだ」

「殺害？　ということは、あれは事故でも自殺でもないっていうことですね⁉」

「ああ、そうだ」鷹央は大きく頷いた。「あれは殺人事件だ。長い時間をかけ、そして極めて綿密に練り上げられた計画殺人。だが、まさかここまでするとは。あまりにも奇想天外なトリックに、私もいまのいままで全く気づかなかった。おそらく助けがなければ、私はこの事件を制限時間内には解決できなかった」

「助けって、誰の助けですか？」

鴻ノ池が小首を傾げる。

「なにを言っているんだ。舞、そして小鳥、お前たちの助けに決まっているだろう」

「え、私たち？」

鴻ノ池は自分の顔を指さすと、僕と顔を見合わせる。

そんな僕たちを眺めながら、鷹央は満面の笑みを浮かべた。

「お前たちは最高だ。やはり私の居場所は、お前たちがいる統括診断部以外にない」

なんだか分からないが、鷹央は突破口を見つけたらしい。そして僕と鴻ノ池がその力になった。つまりは僕たち統括診断部全員で力を合わせて、この難局を乗り越えられるかもしれないということだ。そのことが嬉しくて思わず顔がほころんでしまう。

見ると鴻ノ池も嬉しそうに目を細めていた。

鷹央はぺろりと唇を舐《な》めると、これまでとは打って変わって楽しげな口調で言う。

「しかし、山奥にある洋館というクローズドサークルで大富豪が殺害されたというシチュエーションだと、まさに本格ミステリの中の出来事みたいだな。本来ならここで『読者への挑戦状』でも挟みたいところだ」

「なに言ってるんですか、鷹央先生。これは現実に起きた事件ですよ。誰に向けて挑戦するつもりなんです……」

僕が呆《あき》れ声で言うと、鷹央は「分かっているって」とかぶりを振った。

「そもそも『読者への挑戦状』は、作中に示された手がかりによって唯一の真相に辿《たど》り着ける場合にのみ宣言することが許されるものだからな。残念ながら今回の事件はそうではない。医学についての深い知識があって初めて解けるものだ」

機械工学などではなく、医学の知識なのか……。

けれど、ロボットでもなく、そして鷹央を除く全員にアリバイがある状況で、一体どうやって犯人はチューブの接続を外して零心朗を殺害したというのだろう。医学がかかわるトリックというのは一体どういうものだろう？

眠気で動きが悪くなっている頭を必死に働かせる僕の前で、鷹央は楽しそうに両手を合わせた。

「まあ、『読者への挑戦状』は諦めるとして、せっかくこんなシチュエーションだ。『あれ』だけはやらせてもらうとしよう」

「『あれ』ってなんですか？」

「そんなの決まっているだろう」

鷹央は楽しげに言いながら、下手くそなウインクをしてきた。

3

「さて、皆さん。お集まりいただいたことに感謝する」

やけに芝居がかった鷹央の声がリビングに響き渡る。

『あれ』っていうのは、名探偵が全員を集めて「さて」と謎解きを始めるやつか……。というかそれ、昨日一度やったじゃないか。

僕は呆れながら辺りを見回す。

午前七時過ぎ、部屋には食料庫に閉じ込められている三人を除いて、この屋敷にいる全員が集められていた。

四時間ほど前、事件の真相が分かったと宣言した鷹央は、その内容を必死に訊ねる僕と鴻ノ池に、「それよりもいまは仮眠を取って疲れを癒すべきだ。そうじゃないとあれのとき、頭が回らないからな」と言って、倒れ込むようにベッドに横になり、そのままスースーと寝息を立てはじめた。

警察が来る前に鷹央の身に降りかかっている疑惑を晴らさなければならないので、すぐにでも行動した方が良いのではないかとも思ったが、午前三時過ぎにこの屋敷にいる人々を叩《たた》き起こして話を聞かせるのはさすがに非現実的だと、僕と鴻ノ池も思い直した。

最終的に僕たちは、三時間ほど仮眠を取って疲れきった心身をいくらか回復させた後、鷹央が「事件の真相が分かったから説明してやる」と全員を呼びに行ったのだった。

当然、最大の容疑者である鷹央の説明を聞くことに、多くの者が難色を示した。しかし燐火が「話を聞くくらいならいいじゃない」と説得して回り、こうしてリビングにみんなが集まっていた。

「一体これからなにが始まるっていうんですか？　もし自白なら、私たちにしても仕方がないですよ。あと二時間以内に警察が来ますから、その際に自首することをお勧めします」

法川が弁護士らしく、落ち着いた口調で言う。長谷川と共に一睡もせず、零心朗の部屋の前で監視を続けていたためか、鷹央を見つめるその目は腫れぼったかった。

「自白なんかするわけがないだろう。だって、私は犯人じゃないんだからな。というか、真犯人に嵌《は》められたスケープゴートだ」

　鷹央の発した言葉に、部屋の空気がざわりと揺れた。

「……天久先生、あなたは自分以外の誰かが旦那様を殺したとおっしゃるんですか？」

　長谷川が探るように訊ねた。

「ああ、その通りだ。そして、九頭龍零心朗を殺害した犯人はこの中にいる」

　先程をはるかに超えるざわつきが、部屋の空気を攪拌《かくはん》していく。

「そんなこと、ありえない」味元《あじもと》が大きな声を出す。「だって、ここにいる人たちはあなた以外の全員に完璧なアリバイがあるんですよ。誰も零心朗さんのチューブを外したりなんかできるわけがない」

「そうだ」鷹央は味元を指さす。「私以外の全員にアリバイがある。よって九頭龍零心朗の気管内チューブを直接外せるものはこの中にはいない」

「さっきからなにを言っているんですか？　この中に真犯人がいるっていうのに、誰もチューブを外せないなんて、言っていることが矛盾していませんか？」

　責めるような口調で言う桃乃《ももの》を制するように、長谷川が一歩前に出た。

「もしかして天久先生は、ロボットかなにかが旦那様のチューブを外したとお考えですか？　最初の日に旦那様の足が刺された際、キュアアイが疑われたように。だとしたら、それは間違っています」

淡々とした口調で長谷川は続ける。

「確かに旦那様は天才的なプログラマーでした。当初の計画では、本当にキュアアイに足を刺させることも旦那様は考えていました。けれど、致命的な場所を避けて足を何度も刺すような複雑な動作を確実にロボットにさせるのは、いまの技術では難しいという判断になり、私たちがやることになりました。同様に、人工呼吸器とチューブの接続を外すという指示をロボットにさせるのも困難なはずです。接続は簡単には取れないようにしっかりと固定されていますから」

長谷川の言葉に、「そうですよ」と味元も同調した。

「そもそも今回、零心朗さんの部屋にはロボットはいなかったじゃないですか。部屋に侵入して零心朗さんを窒息死させてから、さらに姿を消すなんて複雑なことができるロボットが本当にあるなら見せてくださいよ」

「いや、ロボットじゃない。少なくともお前たちが考えてるようなロボットは使われていない。ただ広義ならある意味、チューブの接続を外したのはロボットであるとも言えるな」

「なにをおっしゃっているんですか？　わけが分かりません。もっと私たちにも理解できるように説明してください！」

鷹央のまどろっこしい発言にさすがに苛立《いらだ》ったのか、法川の口調が荒くなる。

「分かってるって。いまから詳しく説明してやるから、そう興奮するなよ」

鷹央は口角を上げる。法川の鼻の付け根にしわが寄っていった。

さっきまで空気が弛緩《しかん》し、誰もが眠そうな顔をしていたが、いまは触れれば切れそうなほどに空気が張り詰めていた。

「鷹央……」

これまで黙っていた燐火がそっと鷹央の名を呼んだ。

「あなたはこの中にいる誰かが九頭龍先生を殺したというのね？　そしてあなたは誰がどうやってそれをやったのか説明できると……」

「ああ、そうだ」

鷹央は迷うことなく大きく頷いた。

「けれど、そんなことは不可能なはず。だってここにいるあなた以外の全員は、犯行時刻、現場にいなかったことが確かなんだから」

燐火が落ち着いた口調で理路整然と言うと、長谷川が「そうです！」と声を上げる。

「旦那様のお子さんたちがやったように毒を使ったりすれば、現場にいなくても人を殺すことはできるかもしれません。けれど、今回は物理的にチューブの接続を外すという方法で旦那様は殺害された。毒が使われたわけではありません」

「なぜ毒が使われていないと言い切れるんだ？」

鷹央は心から不思議そうに訊ねた。長谷川の顔に困惑が広がる。

「なぜって……、旦那様は毒で亡くなったのではなく、人工呼吸器との接続が外されて窒息死されたのでは……」

「ああ、その通りだ。確かにチューブの接続が外れ、直接的な死因は呼吸ができなくなったことによる窒息死だろう。だからと言って、今回の事件に毒が使われていないとは断言できない」

「あの、なにをおっしゃっているのかよく理解できないのですが……」

長谷川は軽く頭を振って、額を押さえる。

「今回の事件では、極めて複雑なトリックにより九頭龍零心朗は殺害されているんだ。そこで重要になってくる二つのアイテムがある。その一つが毒だ」

鷹央は左手の人差し指を立てた。

「そしてもう一つの極めて重要なアイテム。それがさっき言った『広義のロボット』だな」

鷹央がピースサインをするように指を二本立てると、桃乃が「意味が分かりません！」とヒステリックに声を上げた。

「ロボットを使って毒を盛って、ご主人様を殺させたとでも言うんですか⁉」

「おお、そうだな。大まかにはそんな感じだ」

「そんな感じって……」

　桃乃の顔に戸惑いが広がっていく。見ると、この部屋にいる他の人々も訝しげな表情で顔を見合わせていた。彼らの気持ちは痛いほど分かった。僕自身も鷹央がなにを言っているのか、全く理解できないのだから。

「あの、小鳥先生……」

　隣にいる鴻ノ池が小声で囁《ささや》いてくる。

「ロボットを使って毒を盛るって、どういうことだか分かります？」

「いや全く……。鷹央先生、大丈夫だよな？　ストレスと寝不足と昨日のアルコールで自分でもなにを口走っているのか分からなくなっているんじゃ……」

　ついさっきまで、鷹央が「大丈夫だ」と言っていたので信頼しきっていた。しかし、そもそも「大丈夫だ」と言った鷹央の精神状態が大丈夫かどうか不安になってきた。

「広義のロボットって言っていますけど、一体そんなものがどこにあるって言うんですか？　昨日、二階を一通り探しましたが、そんなもの見つからなかったじゃないですか」

　苛立たしげに法川が問う。

「なにを言っているんだ。お前たちは全員、その広義のロボットを目の当たりにしている。それどころか、ここにいる多くのものがそれに仕えてすらいるんだぞ」

「目の当たりにしている？　仕えている？　どういうことですか。言いたいことがあるならはっきりとおっしゃってください！」

まどろっこしい鷹央のセリフに限界が訪れたのか、長谷川は執事としてのこれまでの慇懃《いんぎん》な態度をかなぐり捨て、乱暴な口調で吐き捨てるように言った。

「なら教えてやろう」

鷹央は思わせぶりに微笑むとゆっくりと告げた。気管内チューブの接続を外したという『広義のロボット』の名前を……。

「九頭龍零心朗だ。被害者であるやつこそが、真犯人に操られ、チューブの接続を外した『広義のロボット』だ」

4

「あ、天久先生……。あなたはご自身がなにをおっしゃっているのか理解しているんですか？」

啞然《あぜん》とした表情を晒した法川が、かすれ声を絞り出す。

「ああ、もちろんだ。チューブの接続を外したのは、九頭龍零心朗自身だ。あいつが自分の手でそれを行ったんだ」

「それは、ご主人様が自殺をなさったということですか？」

動揺で息が乱れている桃乃が、喘《あえ》ぐように訊ねた。

「いや、違う。九頭龍零心朗は自殺などする気は全くなかった。ただ犯人にマリオネットのように操られ、自らの命を絶つ行動を強いられたんだ」

「待ってください！　そんなわけないじゃないですか！」

法川が声を張り上げた。

「だって零心朗様は閉じ込め症候群とかいう病気で、体が全く動かなかったんですよね。それともそれが間違っていたとでも言うんですか？」

「そんなことありえません！」

鷹央の代わりに長谷川が声を張り上げる。

「旦那様は間違いなく閉じ込め症候群でした。この半年間、指一本動かすどころか、ご自身では目を開けることすらできなかったんです。それはずっとおそばに仕えていた私が保証します。それとも天久先生は私たちが嘘《うそ》をついているとおっしゃるのですか？　旦那様は本当は閉じ込め症候群などにはなっておらず、動くことができたと？」

長谷川は詰問するような口調で言いながら鷹央を睨《にら》む。しかし、鷹央は動じることなく、首を横に振った。

「いや、九頭龍零心朗は閉じ込め症候群になっていた。あいつが腕どころか指一本動かなかったのは確かだろう」

「なら、零心朗さんがチューブの接続なんか外せるわけないじゃないか！　あんたはさっきからなにを言っているんだ！　いい加減にしてくれ！」

味元が乱暴に髪を掻き乱す。

「普通に考えればお前の言う通りだな。ただ、そこでもう一つのファクターが出てくる」

鷹央は再び顔の横で左手の人差し指を立てると静かに言った。

「……毒だ」

「毒？　毒を飲んだから、ご主人様の体が動くようになったとでも言うんですか？　そんなの毒じゃなくて薬じゃないですか！」

桃乃が嚙みつくように声を上げた。

「薬というものは飲む量やタイミングによっては毒にもなる。逆に毒が薬になるケースもある。九頭龍零心朗が子供たちに盛られたジゴキシンのようにな」

鷹央は軽い口調で言うと、「しかし」と付け加えた。

「今回のはそういう話ではない。毒を飲んだことによって閉じ込め症候群から回復したんじゃない。九頭龍零心朗はその毒の『解毒薬』を飲んだことで錠を開いたんだ。

自らの魂を閉じ込めていた動かない体の扉をな」

「解毒薬で閉じ込められていた体の錠を開いた……。それってまさか……」

鷹央がなにを言おうとしているかに気づき、僕は喉の奥からかすれ声を絞り出す。

「今回の事件は前提条件からして間違っていたんだ。私たちはてっきり、九頭龍零心朗は子供たちにジゴキシンを盛られたことによる交通事故により脳に障害を受け、閉じ込め症候群を発症したと思っていた。けれど、そうじゃなかった」

「な、なにを言っているんですか。だって、事故を起こす前は旦那様は普通に生活できていたんですよ。それなのに事故のあとは全く動けなくなって……」

しどろもどろになりながら、長谷川が言う。

「事故と閉じ込め症候群は、あくまで前後関係があるだけだ。時間経過だけでそこに因果関係があるかを証明することはできない。まあ、この辺りは勘違いしやすいところではあるがな。そもそも、交通事故などの外傷で閉じ込め症候群が起きることはかなり稀《まれ》だ。多くの場合は中枢神経の橋《きょう》に広範囲に梗塞が起きることで生じる。九頭龍零心朗のMRIを見ると、橋の部分に外傷による出血が見られたので、それにより閉じ込め症候群が生じていると、私も先入観を持っていた。ただ、その先入観が間違っていたとしたらどうだ？」

この場にいる誰もが言葉を失っている中、鷹央は淡々と説明を続けていく。

「閉じ込め症候群はあくまで『症候群』だ。つまり特定の症状を引き起こす様々な疾患の集合体だ。橋の障害以外の原因でも起きることがある。主に神経疾患だな。例えばALS、筋萎縮性側索硬化症《きんいしゅくせいそくさくこうかしょう》とかな」

全身の筋肉が徐々に萎縮していき、体が動かなくなり、最後には呼吸すらできなくなる神経難病を鷹央は挙げる。

「零心朗さんがALSだったってことですか？」

鴻ノ池が首をわずかに傾けてつぶやくと、鷹央はかぶりを振った。

「いや、ALSではない。ALSも末期には閉じ込め症候群を呈することがあるが、九頭龍零心朗のケースではあまりにも進行が早すぎる。それにALSが進行して閉じ込め症候群になった場合は、なにをしようが体を動かすことはできない」

「ということは、進行すると閉じ込め症候群を呈する疾患で、なんらかの薬を投与すると一時的に閉じ込めの状態から脱却できる。そういう疾患に零心朗さんは冒されていたということですか？」

僕がこれまでの情報をまとめると、鷹央は「その通りだ」と頷いた。

「でもそんな疾患ありましたっけ？」

鴻ノ池は両手で頭を抱える。

「思い出してみろ。事故に遭う前の九頭龍零心朗の状態を」

鷹央の言葉に長谷川が弱々しく口を開いた。

「旦那様は事故の前から体調を崩していらっしゃいました。足腰が弱くなって、疲れやすくなり、むせやすくなったため食欲も落ちました。それにいつも眠そうな顔を……」

「それだ！」

鷹央は鋭く言うと長谷川を指さす。長谷川は「それだとは……？」と目を泳がせた。

「眠そうな顔をしていた、というところだよ。どうしてお前は雇い主が眠そうに見えたんだ？」

「どうしてと言われましても、なんとなくそう見えたとしか……」

「そう見えたということは、外見に眠そうという特徴が出ていたということだ。それはどこだ？　思い出してみろ。ほれ、しっかりと記憶を探るんだ」

鷹央に問い詰められた長谷川は「それは、目が眠そうというか……」と自信なさげに答える。

「そう！　目だ！」

鷹央がひときわ大きな声を上げる。長谷川の体がビクリと震えた。

「九頭龍零心朗は眠そうな目をしていたんだ。さて、ではここで問題だ。眠そうな目とは一体どういう目のことを言う。ほら、小鳥、答えてみろ」

いきなり指名された僕は「ええっ⁉」と声を上げつつ、必死に考える。

眠そうな目……。言われてみれば写真で見た九頭龍零心朗はやけに瞼が腫れぼったいというか、半開きと言うか……。

そこまで考えた瞬間、僕は脳天から雷に打たれたような衝撃を覚え、体を大きく震わせた。

「気づいたか？」

「……はい。……眠そうな目ということは、瞼が完全には開いていないような半開きの目ということです」

「そうだ。事故前の九頭龍零心朗は、瞼が半開きになり、足腰に力が入らず、強い疲労感を覚え、食事の飲み込みも悪くなっていた。そこから連想できる疾患が一つあるだろう」

僕は「……はい」と小さく頷いた。

「では、私と共に一年以上もの間、奇想天外な症状を呈する多くの患者に診断をくだし、さらには摩訶不思議な事件を共に解決してきたパートナーとしての経験を発揮してみろ」

鷹央は挑発的な視線を僕に向けると口角を上げた。

僕はゆっくりと唇を開き、言葉にする。

九頭龍零心朗の体を蝕《むしば》んでいたであろう疾患の名前を。

「重症筋無力症です」

鷹央は満面の笑みを浮かべると指を鳴らした。

「ご名答。大正解だ」

5

「重症筋無力症って、確か神経の難病でしたよね」

鴻ノ池が記憶を探るようにこめかみに手を当てる。

「ああ、そうだ」

鷹央は頷いた。

「末梢神経と筋肉細胞のつなぎ目である神経筋接合部に存在する筋肉側の受容体、主にアセチルコリンと呼ばれる神経伝達物質の受容体に対する自己抗体が生じてしまい、それが破壊されてしまう疾患だ。アセチルコリンの受容体が破壊され減少すると、神経から脳への命令が伝わりにくくなってしまう。それによって筋肉が十分に動かなくなり、筋力低下や強い疲労感などが生じる」

鷹央は凜《りん》とした声で、重症筋無力症についての説明をはじめた。

「初期症状としては、特に眼瞼下垂《がんけんかすい》、つまりは瞼が下がることや物が二重に見える複視などの目の症状が出ることが多い。症状が悪化してくると、全身の筋力が低下していき、歩行困難になったり、姿勢を維持できなくなる者もいる。そして最悪の状態になると呼吸筋を含む全身の筋肉が麻痺し、人工呼吸をしなければ生命維持ができない状態になる」

「人工呼吸をしなければ……。それってご主人様の状態と同じじゃ……」

桃乃が唖然とした表情を浮かべながら呟く。

「そうだ。つまり、重症筋無力症は最も酷《ひど》い状態になると、閉じ込め症候群にいたるということだな。まあそこまで悪化する患者はそれほど多くないがな」

「本当にご主人様は、その重症筋なんとかっていう病気なんですか？　交通事故で頭を怪我《けが》したからあんな状態になったんじゃ……」

「九頭龍零心朗の症状で、一つ、一般的な閉じ込め症候群とは明らかに違うものがあった。それは目の動きだ」

「目の動き？　旦那様は目もほとんど動きませんでした。それがどうかしたと言うんですか？　なにか変だったというのですか？」

長谷川は話についていけなくなりつつあるのか、しきりに頭を振る。

「ああ、とても変だ。脳の橋部の障害による一般的な閉じ込め症候群では、瞼の開け閉めと、眼球の上下運動だけは障害されないんだ。だからこそ閉じ込め症候群の患者の多くは、瞬きの回数や目の動きで意思疎通を図る。しかし、九頭龍零心朗は開眼も自力ではできず、目の動きも極めて緩慢だった」

「それならなんで、零心朗さんが普通の閉じ込め症候群ではないと気づかなかったんですか？」

責めるような口調で法川が言った。

「臨床というのは教科書通りにはいかないものだ。実際には患者によって典型例とは異なった様々な症状を呈することがある。特に九頭龍零心朗の場合は、一般的な脳梗塞ではなく、外傷による頭部損傷によって閉じ込め症候群が発症していたと考えられていた。それなら橋部以外の中枢神経に損傷があってもおかしくない。それが原因で眼球運動もできなくなっているんだと無意識に考えていた。ただ、それは違ったんだ」

「つまり旦那様は、偶然、交通事故にあったときに、その重症筋無力症という病気が悪化し、事故によって閉じ込め症候群になったように見えたということですか？」

必死に説明を脳内で咀嚼しているのか、長谷川は両手を頭に当てる。

「いや、それは考えにくい。確かに重症筋無力症で閉じ込め症候群となることはあるが、それはごくごく稀な最重症例だ。それまで少しずつ悪化してきていた九頭龍零心朗の重症筋無力症が、偶然事故の時に急激に悪化して全く動けなくなるとはまずありえないだろう」

「じゃあ、その病気が悪化したんじゃないなら、どうして事故のあと、ご主人様は急に全く動けなくなったんですか？」

早口で尋ねる桃乃に、鷹央は「さっき言ったもう一つのファクターを思い出してみろ」と唇の端をあげた。

「もう一つのファクター……」

数秒黙り込んだあと、桃乃は青い顔でつぶやいた。

「それって、もしかして……毒？」

「そうだ。重症筋無力症には多くの禁忌薬、つまり、絶対に投与してはならない薬がある。さっき言っただろ。薬も量とタイミングを間違えれば毒になるってな」

「その毒ってなんなんですか？」

味元が声を張り上げると、左手の人差し指をメトロノームのように左右に振りながら鷹央は答えた。

「抗コリン薬だ」

「抗コリン？」

いぶかしげに法川が聞き返す。

「文字通りアセチルコリンの作用を阻害する薬だ。もともと自己抗体によってアセチルコリンの受容体が激減している重症筋無力症の患者に、それを投与したらどうなると思う？」

「症状が……悪化する？」

窺うように法川が答えると、鷹央は「そうだ」とあごを引いた。

「だからこそ、重症筋無力症患者への投薬は慎重にならなくてはならない。間違って強力な抗コリン薬を投与などしようものなら、最悪の場合、クリーゼと呼ばれる急激に病状が悪化する状態になり、呼吸器麻痺を起こして死亡するからな」

「その、抗コリン薬っていうのはどのような薬なんですか？　よく使われるものなんですか？」

真相に近づいていることに気づいたのか、長谷川が前のめりになる。

「よく使われるぞ。胃腸炎や腹痛、鼻炎や気管支喘息《ぜんそく》、パーキンソン病など、様々な疾患の治療薬などとして使われている。そしてもう一つこれが含まれている薬がある。神経因性膀胱《ぼうこう》や過活動膀胱、つまりは頻尿の治療薬だ」

「頻尿の治療薬⁉」

桃乃の目が大きくなる。

「そうだ。アセチルコリンは平滑筋に作用して収縮を促す。それを抗コリン薬で阻害することで膀胱が緩んで、尿を多く貯められるようになる。つまり、尿の回数が減るということだ」

「その薬、飲んでます！　ご主人様の内服薬の中に頻尿の薬があります！」

「そう、しかも九頭龍零心朗が飲んでいる頻尿の薬は、特に抗コリン作用が強く、長時間効果が持続するものだ。それを最大量で飲んでいる。けれど、そもそも九頭龍零心朗がその薬を飲むのはおかしいんだ」

「おかしいって、どういうことですか？」

　味元が質問する。

「おいおい、九頭龍零心朗は全身が麻痺している状態なんだぞ。つまり、排泄行為も介助なしではできない。だからこそ、膀胱にカテーテルを留置し、尿をチューブを通してベッドの柵に取り付けたプラスチック製の容器へと流れるようにしているじゃないか」

　味元が「あっ」と声を上げる。長谷川、桃乃、法川、そして医師である僕と鴻ノ池さえも目を大きくした。

　よく考えてみれば当然のことだ。常に尿が体外に出るようになっている九頭龍零心朗に、頻尿などということが起きるわけがない。

「なら、どうして頻尿の薬が旦那様に投与されていたんですか？」

かすれ声で長谷川が訊ねる。

「ここまで言っているのにまだ分からないのか？　重症筋無力症を悪化させて、九頭龍零心朗を閉じ込めるためだよ。自分の全く動かない体の中にな」

「自分の体に旦那様を閉じ込める……」

口を半開きにしたまま長谷川が呆然《ぼうぜん》と呟いた。

「自動車事故で重傷を負ったあと、犯人はもともとかなり進行した重症筋無力症を患っていた九頭龍零心朗に、強力な抗コリン薬を投与した。事故をうまく隠れ蓑《みの》として利用したんだな。それによって、神経から筋肉への命令が全く伝わらなくなり、九頭龍零心朗は全身麻痺となった。ただ事故による外傷も極めて重症だったため、当然誰もが麻痺が起きたのは事故が原因だと思った。それが今回の事件の真相だ」

「待ってくださいよ。その犯人って零心朗さんを殺した犯人のことを言っているんですよね？　でもいまの説明じゃあ、薬で動けなくしただけじゃないですか。どうやって零心朗さんの首のチューブを外して、窒息死させたかの説明には全然なってないですよ」

味元の指摘に、鷹央は「ここまで説明してもまだ分からないのかよ」とわざとらしくため息をついた。

「さっき説明したじゃないか。解毒剤だよ。解毒剤。おそらくはコリンエステラーゼ阻害剤という、アセチルコリンの代謝酵素の働きを阻害し、アセチルコリンの濃度を上げる薬だろうな。それこそが九頭龍零心朗を殺害した凶器だ」

「なんで解毒剤が凶器になるんですか？　解毒剤で体が動くようになったら、それに越したことはないじゃないですか」

味元が髪を掻き乱す。

「解毒剤と言っても強力な抗コリン薬が持続的に作用しているので、動けるようになるのはほんの数分だ。さて、よく考えてみろ。もし全身が完全に麻痺していた九頭龍零心朗が、急にその麻痺から回復したらなにが起こると思う？」

「麻痺から回復したら……」

僕はつぶやきながら頭の中でその状況をシミュレーションしてみる。九頭龍零心朗は全く動けない状態だった。そこで突然、麻痺が回復したら、まず生じるのは……。

そこまで考えた僕は、大きく息を呑んだ。

「呼吸筋の麻痺も回復して、自発呼吸が起きてしまいます！」

僕の回答に、鷹央は「そうだ」と満足げに頷いた。

「自発呼吸が起きてしまうって、自分で呼吸できるようになったら、それに越したことないんじゃないですか？　それのなにが問題なんですか？」

法川は、わけが分からないというように細かく首を振った。

「普通の状態で自発呼吸が戻るなら問題ない。ただし、九頭龍零心朗は人工呼吸器に接続されており、強制換気を受けていた。そうなると、人工呼吸器の換気と自分の呼吸がシンクロできず、ファイティングという状態になる。簡単に言えば息を吐こうとした瞬間、強い圧力で気道内に空気が送り込まれたりするってわけだ。当然、大きくむせ込むとともに強い苦痛を覚える。それが生じたとき、九頭龍零心朗はどんな行動に出ると思う？」

「どんな行動って、なんとか苦しくないようにしようとするんじゃ……」

質問の意図が理解できなかったのか、自信なさげに法川は答えた。

「そう、ファイティングの苦痛から逃れようとする。そのために一番簡単な方法、それは人工呼吸器と自分の接続を解除することだ。腕の麻痺も解けていたので、それが可能だった」

ようやく鷹央がなにを言おうとしているかに気づき、長谷川たちが目を見開いた。

「じゃあ、旦那様はその解毒剤で麻痺から回復し、苦しさからご自分で気管内チューブの接続を外したということですか？」

長谷川の確認に、鷹央は「ようやく理解したか」とあごを引いた。

「でも、麻痺が解けたなら声を出して私たちを呼べばいいじゃないですか」

桃乃の言葉に鷹央は首を横に振る。

「いや、それはできない。九頭龍零心朗は気管を切開していた。肺から押し出された空気は気管内チューブから排出され、気管の入り口である声帯には届かない。なので、声帯を震わすことができず、当然声を出すこともできないんだ」

「で、でも、少なくとも麻痺が治ったんですよね。自分で呼吸できるようになったんですよね。ならチューブを外しても問題ないじゃないですか？」

「問題ないさ。ちゃんと解毒剤が効いて麻痺が回復している間はな」

鷹央の言葉の意味を理解したのか、桃乃の顔からさっと血の気が引いていく。

「それってもしかして、解毒剤の効果が薄れたら……」

「そうだ。さっき言ったように、今回使われた解毒剤はおそらく短時間で体内で分解されてしまうものだろう。解毒薬であるコリンエステラーゼ阻害剤が代謝されれば、元の木阿弥《もくあみ》だ。重症筋無力症の症状が強く生じて再び全身が麻痺していく。そうなった時、九頭龍零心朗の身にはなにが起こると思う？」

鷹央は横目で僕に視線を送ってきた。解毒薬の効果がなくなり再び麻痺が生じたとき、なにが起こるか。すでに僕の頭の中では答えが浮かび上がっていた。

「……また呼吸筋が動かなくなり、自分では呼吸ができなくなります。もう一度気管内チューブと人工呼吸器を接続すれば助かりますが、ただ零心朗さんにはそれさえもできませんでした。再び手にも麻痺が生じ、動かすことができなくなっていたから。

だからどうすることもできず、……窒息死してしまった」

「そう。それが今回の事件の真相だ」

　鷹央は、証明終わりとでも言うように、左手を指揮者のように振った。

　耳がおかしくなったのではないかと思うような沈黙が部屋に降りる。

　あまりにも複雑なトリックを、あまりにも鮮やかに解き明かした鷹央に、誰もが言葉を失っていた。数十秒後おずおずと沈黙を破ったのは法川だった。

「あの、天久先生……。まだ一つ分からないことがあるんですが……」

「なんだよ。素人でも分かるように詳しく説明してやっただろう」

　さすがに話し疲れたのか、鷹央はやや不機嫌な様子で言う。

「いえ……。まあ、細かいところは専門的なので完全に理解したかどうか分かりませんが、いま、あなたが説明した内容が真実である可能性は高いような気がしています。ですから最後に一つだけ教えてください。あなたの言う犯人というのは一体誰のことを指しているんですか？」

「犯人か……」

　鷹央の顔から潮が引くように表情が消えていった。

「よく考えれば分かるだろう。九頭龍零心朗の処方内容を決められる立場にあり、昨夜、点滴に解毒薬であるコリンエステラーゼ阻害剤を混ぜることができ、さらに重症筋無力症という珍しい神経難病の診断が可能で、それについて深い知識を持っている人物」

鷹央が一つ一つ条件を挙げていくにつれ、この場にいる者たちの視線がある一人の人物に集中していく。

鷹央は少しだけ悲しげに微笑むと、その人物を静かに指さした。

かつての恋人であり、被害者の妻でもある九頭龍燐火を。

「燐火、お前こそが毒により九頭龍零心朗をその体に閉じ込め、そして解毒剤でその命を奪った犯人だ」

＊

夫を殺した犯人であると告発されても、燐火は黙っていた。

唇にかすかな笑みをたたえ、なにも言わなかった。

その態度はまるで、自分が告発されたことを喜んでいるかのようだった。

「どうした、燐火。私の言っていることに間違いはあるか？　もしあるなら反論してみろ。犯人の反論を潰していくのも名探偵の見せ場だからな」

「そうね。それじゃあ聞くけれど、いまの話になにか証拠はあるの？」

「証拠ねえ」

鷹央は皮肉っぽく肩をすくめる。

「あまり面白くない反論だな。私の仮説を受けて、司法解剖では九頭龍零心朗が重症筋無力症であったか否か徹底的に調べられるだろう。筋肉細胞のアセチルコリン受容体の数や、その受容体を攻撃する自己抗体が確認され、確定診断が下されるはずだ。それに……」

鷹央は唇を舐めて、付け加える。

「死亡した際、九頭龍零心朗の体が横向きになっており、そして手がベッド柵にかかっていた点が重要だ。完全な閉じ込め症候群のまま窒息死したとしたら、どれだけ苦しかったとしても動けるわけがない。また、犯人がわざわざ零心朗の体を横向きにして、手を柵にかけるなんてことをするのもおかしい。そこから導き出されるのは、窒息死する寸前に九頭龍零心朗は自らの意思でわずかな時間動けたこと、つまり閉じ込め症候群の原因が重症筋無力症だったということを示唆している」

「あなたの言うように九頭龍先生が重症筋無力症だったとしても、私がそれを知っていたという証明にはならない」

「では、なぜお前は、夫に尿道カテーテルが挿入されているにもかかわらず、頻尿の薬を投与し続けたんだ？　しかも最も抗コリン作用の強い薬を最大量で」

「そうね。それはうっかりしていた。事故に遭う前に、九頭龍先生は頻尿が辛いって言っていたから処方薬に混ぜた方がいいかなと思ったのよ」

「かなり苦しい言い訳だな。では、カレースパイスの瓶はどうかな？」

「カレースパイスの瓶？　それって昨日の夕食の時、鷹央先生が部屋まで探しに行っていたやつですよね？」

鴻ノ池が口をはさむ。

「ああ、そうだ。私にとってあれは旅行の時の生命線のようなものだ。だから絶対に盗まれないように紫外線に反応する特殊なインクを塗ってある。ブラックライトに照らされれば一目瞭然だ。いまみたいに外から光が差し込んできていれば、太陽に含まれる紫外線でもある程度分かるぞ」

鷹央の言葉を聞いて燐火は、自分の両手を顔の前に持ってきた。それを見て、鷹央は小さな笑い声を漏らす。

「冗談だよ。そんなものついてるわけないだろ。だが墓穴を掘ったな。いまの行動は自分が私のカレースパイスを隠したという自白に近いものだ」

唇を嚙む燐火を尻目に、鷹央は淡々と喋《しゃべ》り続ける。

「私との付き合いが長いお前は、ディナーの時にカレースパイスがなければ私が自分の部屋まで探しに行くと分かっていた。その上でスパイスの入った小瓶を隠し、私だけアリバイがない状況を作ってスケープゴートにしようとしたんだ。そうだろう？」

「……さっきの行動だけで、私がスパイスの小瓶を隠したと断定することはできない。あくまで状況証拠だけでしょ？」

「状況証拠も積み重なれば証拠として機能する。これまでの複数の状況証拠から、お前は限りなく黒に近いと誰もが考えるだろう」

「黒に近いと黒は全く別。私を告発したいなら確実な証拠をちょうだい」

「確実な証拠、か。それでは解毒薬であるコリンエステラーゼ阻害剤がどのようにして九頭龍零心朗に投与されたか検討してみよう」

　鷹央はまるで理科の実験をする教師のような口調で言う。

「昨夜、九頭龍零心朗と、コンピューターを使って会話し、全員揃《そろ》ってやつの部屋を出た。その時には間違いなく九頭龍零心朗は生きていた。そして二、三十分ほどしてカレースパイスを探しに二階へ上がった私が部屋の前を通った時、モニターからのアラーム音は鳴っていなかった。つまり、その時点でもなんの異常もなかったということだ。そこからディナーが終わるまでの約二時間、その間に解毒薬が投与され、九頭龍零心朗は閉じ込められ続けていた自らの体から解放されその結果として死亡することになった。ではどうやって解毒薬は投与されたのか……」

　鷹央は淡々と説明を続ける。

「一気に効いて、すぐに効果が切れていることを考えると、消化管からゆっくり吸収されたとは思えない。血管内への直接投入、つまりは点滴ということになるだろう。しかし、九頭龍零心朗に投与されていた大部分の点滴はゆっくりと何時間もかけて血管内に入るように設定されていた。ただ一つを除いて」

ただ一つ……？　僕の頭の中に、点滴棒のフックにぶら下がった『抗生物質』と記された五〇㎖の生理食塩水のパックが浮かび上がる。

一度心肺停止状態になり、無理やり心臓マッサージを行ったので、衝撃で気管内に細菌などが入り込んだ可能性があるため生理食塩水に抗生物質を溶かし投与するのは、誤嚥《ごえん》性肺炎の予防などのために適切な処置だ。けれど……。

「点滴チェッカー……」

必死に記憶を探る僕の口から無意識にその言葉が漏れた。

確かあの抗生物質入りの生理食塩水が流れるラインには、点滴チェッカーがついていた。点滴の速度と開始時間を自由に設定できる機械である点滴チェッカー。それによって特定の時間に、解毒剤が入った点滴が静脈に流れ込むように設定されていたら……。

「そう、点滴チェッカーだ。おそらくあれで、ディナーの最中に大量の解毒剤が一気に九頭龍零心朗の静脈内に投与されるように設定されていたんだろう。ちなみに……」

鷹央は燐火に視線を向ける。

「あの点滴チェッカーがついた抗生物質入りの生理食塩水パックを用意したのはお前だったな。それにこの家の救急カートにはアトロピンだけ用意されていなかった。アトロピンは極めて強い抗コリン薬であり、蘇生《そせい》時に頻繁に使用される薬剤だ。そんな重要な薬剤が救急カートになぜ入っていなかったか。そんなの明白だな。重症筋無力症に作用するアトロピンが、何らかの理由で九頭龍零心朗に投与されたら、それにより症状に変化がおき、閉じ込め症候群の原因が事故ではなく、内科的な疾患だと気づかれる可能性があったからだ」

燐火はなにも答えなかった。ただ、その顔には穏やかな笑みが浮かんでいた。まるでこうなることを望んでいたかのような笑み。それを眺めながら鷹央は言葉を続ける。

「お前が生理食塩水のパックをセットし、そして点滴チェッカーを設定していたのはここにいる者たちが見ている。あとは鑑識が点滴パックに残されている液体と、点滴チェッカーの設定を確認すれば、お前が犯人であることは証明できるだろう。さて、まだなにか反論はあるか？」

喋り疲れたのか、それとも元恋人を告発したことに消耗しているのか、鷹央の声からは張りが失われていた。

燐火は細めた目で、挑発的な視線を鷹央に投げかける。

「なるほど、トリックの説明としては十分ね。けれど、動機の面はどう？　どうして私が心から愛していた九頭龍先生を閉じ込め症候群なんかにして、さらに殺さなくちゃいけなかったの？」

「愛していたからこそだろう。お前のやや歪んだ愛、それこそがこの悲劇を引き起こしたんだ」

鷹央が抑揚のない声で言うと、燐火の頬がわずかに引きつった。

「お前は才能に惹《ひ》かれる女だ。九頭龍零心朗のような自分をはるかに超越した天性の才能を持つ人間に憧れ、魅力を感じ、そして献身的に尽くす。天才に尽くすこと、それこそがお前にとって最大の悦《よろこ》びだからだ」

いつも通りの平板な声で説明を続けていく鷹央。しかし、僕にはなぜか彼女が悲しげに見えた。

「ただお前は、尽くしただけの対価を求めてくる。自分が相手だけを見るように、相手にも自分だけを見るように強制をする。自分と愛する人、二人だけの世界を構築することを求めるんだ」

「それのなにがいけないの？　愛する二人だけで生きていけるなんて素晴らしいじゃない。お互いしか見えない世界、お互いだけの存在が許される世界、まさに理想の世界でしょ」

心から不思議そうに首を傾げる燐火を見て、僕の背中に冷たい震えが走る。

「お前にとってはそれが理想の世界なんだろうな。ただ、お前は相手にもそう感じるように強制する。もしそうじゃなければ、相手の考えを変えようとする。残念ながら燐火、お前が求めているものは一般的には恋愛とは言わない。それは共依存だ。お互いがお互いの所有物であることを強要するほどの、極めて強く絡まりあった共依存」

燐火の顔に張り付いていた薄っぺらい笑みが、ペリペリと音を立てるように剝がれていく。

「……それのなにが悪いの？」

地の底から響いてくるような、低く籠った声で燐火は言う。

「相手に無償の愛を注ぎ、そしてその対価として無償の愛を求める。それが間違っているとでも？」

「間違っているかどうかは分からない。ただ、危険なだけだ。お互いの気持ちのバランス、その重みを測る天秤《てんびん》がどちらかに大きく傾いたとき、その関係は破綻する。極めて破滅的な形でな。私はそれを感じとったからこそ、その前にお前と距離を取ったんだ」

「あの……」

申し訳なさそうに長谷川が口を挟む。

「奥様が情熱的であったことは確かだと思います。ただ、奥様は間違いなく旦那様を愛していらっしゃいました。すぐ近くでお仕えしていた私はそう断言できます。奥様と旦那様はとても仲良く、この屋敷でお過ごしでした。そんな奥様がどうして旦那様に毒を盛って、体が全く動かないようにしなければならなかったというのでしょうか？」

「おそらくそこのメイドのせいだろうな」

「私……、ですか？」

鷹央に指をさされた桃乃が怯《おび》えた表情を浮かべる。

「ああ、そうだ。研修医時代から優秀であり、神経内科医を目指していた燐火は、九頭龍零心朗が重症筋無力症を患っていることを事故の遥《はる》か前から気づいていただろう。けれど、燐火はそれを九頭龍零心朗に伝えることはしなかった」

「なぜですか？　なぜ奥様は旦那様の病気を黙っていたのですか？」

長谷川の顔に困惑の色が浮かぶ。

「もし病気のことに気づいたら、治療が可能だからだ」

「治療が可能だから黙っていた？　意味が分かりません！」

パニックになったのか、長谷川が白髪の目立つ髪を激しく掻き乱した。

「重症筋無力症は全身の力が入らなくなり、そして強い疲労感を覚える疾患だ。それを患ったことにより、九頭龍零心朗はほとんどこの屋敷から出なくなり、そして介助がなければ日常生活を送るのが困難となった。その介助を担っていたのが主に燐火だ」

「まさか旦那様を介助するために、わざと病気を放置していたということですか？」

息を乱す長谷川に鷹央は「ああ、そうだ」と頷いた。

「愛する相手に対して無償の奉仕をすることに、なによりも喜びを感じる燐火にとって、夫が自分なしでは生活がままならないという状況はまさに理想的な状態だった。ただし、その幸せは長く続かなかった。零心朗が自分の身の回りの世話をさせるために専属メイドを雇ったからだ」

自分について話題に挙げられた桃乃の顔が青ざめる。

「恐らく九頭龍零心朗は妻の負担を少なくしようと考え、雇ったのだろう。しかし、その負担こそに喜びを感じていた燐火にとって、それは余計なお世話でしかなかった。さらに見ての通り、そこのメイドはなかなかに外見が整っており、献身的に零心朗の身の回りの世話を行っていた。夫の女癖の悪さを知っている燐火にとっては、辻堂《つじどう》桃乃は完全な敵であった」

桃乃は怯えた表情で「奥様……私は別にそんな」と声を絞り出す。しかし、燐火はその声が全く聞こえないかのように反応しなかった。

そんな二人のやり取りを眺めながら、鷹央はさらに説明を続ける。

「本当なら燐火はメイドを辞めさせたかっただろう。だが、あくまで九頭龍家の代表は夫であり、自分には決定権はない。夫とメイドが親密になっていくのを眺めて、ただ歯ぎしりをすることしかできなかった。その状況を一変させたのがあの交通事故だ」

鷹央の説明に、燐火はほとんど表情を動かすことなく黙って耳を傾け続けた。

「事故の衝撃で昏睡《こんすい》状態になった九頭龍零心朗は、全身状態が安定したということで、この屋敷に戻ってきた。意識のない夫を看病していた燐火はおそらく強い喜びを覚えていたのだろう。愛する人に全てを懸けて奉仕できていたのだから。そしてなにより、愛する人の全てを所有している感覚を得ることができていたんだからな」

鷹央が『所有』という言葉を口にした瞬間、燐火の顔に妖しい笑みが浮かんだ。まるでそのときの感覚を反芻《はんすう》し、味わっているかのようなその姿に、僕の背中に冷たい震えが走った。

確かに燐火は夫を愛していたのだろう。しかし、その『愛』というのは一般的な人々が持つものとは全く違う歪《いびつ》な感覚だった。壮絶なまでに美しく淫靡《いんび》な笑みをたたえる燐火を見ながら、僕はそう確信していた。

「さらに、九頭龍零心朗が昏睡状態だということで、九頭龍家のイニシアチブを自ら取ることもできるようになった。まさに理想的な状態だ。けれど、そこで一つ問題が起こった。九頭龍零心朗が回復してきて意識が戻る予兆があった。このままでは元の木阿弥だ。いや、リハビリが必要になり、これまで以上に介護士の資格を持つメイドの手を借りることになるかもしれない。せっかく出来上がったこの理想的な世界を壊したくない」

鷹央は芝居じみた口調で言いながら両手を大きく開いた。

「だから燐火、お前は決めたんだろう。毒薬によって夫の意識を、その動かない体に閉じ込める、と。お前は毒の牢獄《ろうごく》で夫を飼い続けていたんだ。まるで羽を切り取った鳥をかごの中で飼うようにな」

あまりにもおぞましい告発に誰もが顔を強張《こわば》らせる。

妖しい微笑を浮かべ続ける燐火を除いて……。

「そ、それじゃあどうして今回、燐火さんは零心朗さんを殺そうと決めたんですか？」

法川が呻《うめ》くように声を絞り出す。

「そんなの決まっているだろう。お前が昨夜読み上げた、九頭龍零心朗の新しい遺書の内容のせいだよ」

「私が読み上げた……」

「そうだ。その遺言書の内容で九頭龍零心朗は燐火に家を出て、自分の道を進むように指示を出した。そして、自分の身の回りの世話はメイドに頼み、そのうえメイドに遺産を残すとまで宣言した。九頭龍零心朗本人としてみれば、妻の未来を思ってのことだったのだろう。しかし、燐火はそう捉えなかった。せっかく閉じ込めていた天才が、必死に作り上げた毒の牢獄を破って逃げ出そうとしているとしか思えなかった。だから燐火は決めたんだ」

　鷹央の声が低くなる。

「逃げ出されるぐらいなら殺してしまおうと。そして代わりに夫よりもさらなる天才をまた檻《おり》に閉じ込めて、自分の手元に置こうと」

　鷹央は「つまりは、私だな」と自分を指さした。

「だから鷹央先生が犯人としか思えない状況で零心朗さんを殺害して、それを誤魔化すことを条件に、鷹央先生を手元に置こうとしたんですね」

　僕が確認すると鷹央は少し疲れた様子で、「ああ」と頷き、ゆっくりと燐火に近づいて行った。

「なあ燐火、お前、本当に私に勝てると思ったのか？　お前が誰よりも天才だと認めた私になぜ正面から挑もうなんていう無謀な真似《まね》をしたんだ？」

　燐火と至近距離で向き合った鷹央は静かに訊ねる。

「あなたが喜んでくれると思ったのよ」

燐火は笑みを浮かべた。どこまでも無邪気な笑み。それが僕の目にはとても恐ろしく映った。

「あなたは昔から、不思議な事件があると本当に嬉しそうにしていた。私はその表情を見るのが、その時のあなたを見るのが大好きだった」

「……私を喜ばせるために、こんな手の込んだ方法で夫を殺したというのか？」

「そうね、それが一つの理由。そしてもう一つはあなたと対等になれるかもしれないと思ったから。私は才能ではあなたの足元にも及ばない。あなたは特別な人。けれど、今回私が思いついたトリックなら、その特別なあなたに勝てるかもしれない。あなたの隣に立てるかもしれない。そうしたら、あなたは私をまた愛してくれるかもしれない。そんな風に思ったの」

「そうか……」

鷹央は冷めた態度で静かにつぶやく。

「残念ながら、お前が私の隣に立つことも、お前を心から愛することもない。いままでも、これからもな」

鷹央の言葉に淫靡な笑みを湛《たた》えていた燐火の表情筋が、ぐにゃりと崩れ歪んでいく。

「なんであなたは私を認めてくれないの⁉　なんであなたは付き合ってるときも、私を本当に愛してはくれなかったの⁉　どうして私は最後まであなたのパートナーになれなかったの⁉」

「さあ、どうしてだろうな。そいつにでも聞いてみたらどうだ」

鷹央がシニカルに口角を上げながら、親指で僕を指さした。

「そいつはなんだかいつの間にか、私の隣にいるしな」

鷹央は僕に流し目をくれる。それと同時にうなだれていた燐火は勢いよく顔を上げると僕を睨みつけ、大股で近づいて僕の胸ぐらを摑んできた。

九頭龍零心朗を殺害した犯人が明確な敵意を持って手を伸ばしてきたことで、隣にいた鴻ノ池が臨戦態勢に入る。

「大丈夫だ」

僕はそっと手のひらを向け、いまにも燐火を投げ飛ばしそうな鴻ノ池を制した。

「どうして⁉　どうしてあなたみたいな凡人が、頭抜けた天才である鷹央のそばになんていられるの⁉　どうしてそんな身の程知らずなことをしているのに、あなたは鷹央に認められるの⁉　彼女のパートナーになっているの⁉」

殺意すら籠っていそうな視線で睨みつけてくる燐火とまっすぐ目を合わせると、僕は静かに答えた。

「多分、僕が鷹央先生のことを特別扱いしないからだと思いますよ」

「鷹央を特別扱いしない？　あなた、なに言ってるの？　鷹央が特別じゃなくて誰が特別だって言うの？」

「ええ、もちろん鷹央先生は特別です。類い稀なる頭脳を持っています。でも、だからって特別扱いする必要はないと思います。だって、いくらすごい能力を持っていても、鷹央先生は一人の人間なんですから」

「鷹央が……一人の人間……」

まるで意味不明なことを言われたかのように、燐火はその言葉を呆然と繰り返す。

「そうです」

僕は大きく頷いた。

「鷹央先生の能力は確かに超人的です。けれど、鷹央先生も僕たちと同じ一人の人間なんです。得意なことがあれば苦手なこともある。だから僕は鷹央先生の隣で歩きながら様々なことを学び、そして同時に鷹央先生も僕からなにかを学ぶ。そんな風に、お互いに人間として成長していけたらいいな、なんて思ってるんですよ」

「お互いに成長なんて、そんな馬鹿な……。鷹央は完全な天才で……」

動揺しているのか、燐火の声がかすれる。

「そこが燐火さんと僕の違いだと思います。燐火さんは鷹央先生のことを崇拝の対象としている。僕は尊敬はしてるけど、崇拝はしていません。僕にとって鷹央先生は大切な上司であり仲間であり、そして……友人なんですから」

僕が少しだけ気恥ずかしさを感じつつも偽らざる気持ちを口にすると、鷹央に視線を向ける。鷹央はこちらに背中を向けたまま、なにも言わなかった。

けれど、僕にはその小さな後ろ姿がどこか嬉しそうに見えた。

「鷹央が友人……」

蚊の鳴くような声で燐火は言う。

「ねえ、鷹央。……もし私が学生時代、一人の友人としてあなたと接していたら、私たちの関係は変わっていたの？　それは、もっといいものになっていたの？」

燐火はその切れ長の瞳に涙をためつつ、鷹央の背中に問いかける。鷹央はゆっくりと振り返ると、「さあ、どうだろうな」と少しだけ懐かしそうに微笑んだ。

燐火は両手で顔を覆うと、静かに肩を震わせはじめる。深い後悔が浮かぶその姿を眺めながら、鷹央はつぶやく。

「けれど、過去は変えられない。私はいまを生きる。統括診断部で仲間たちと過ごすいまをな」

そのとき、遠くからかすかにパトカーのサイレン音が聞こえてきた。

「おや、とうとう警察のお出ましか。警察が介入すると、人里離れた山荘のクローズドサークルとしての魅力はガタ落ちだな。まあいい。本格ミステリ小説の世界は十分に楽しんだ。おい、小鳥、舞……」

鷹央は僕たちに声をかけると笑みを浮かべる。

「そろそろ帰るとするか。私たちの居場所にな」

エピローグ

「こんな時間になっちゃいましたねえ」

薄暗い山道を運転しながら僕はぼやく。すでに時刻は午後六時を回っていた。

朝、九頭龍《くずりゅう》家にやってきた警察は、様々な事件が起こった屋敷を徹底的に調べるとともに、その場にいた全員に尋問を始めた。

九頭龍零心朗《れいしろう》の子供たちについては、父親にジギタリスを盛ったという明らかな証拠があったので、早い段階で参考人として警察署に連行されていった。

そして、夫を殺害した燐火《りんか》もそれは同じだった。

屋敷にやってきた警察に、燐火は自ら夫を殺害したことを告白した。きっと今回の事件は燐火にとって、僕の代わりに鷹央《たかお》の隣に並ぶための挑戦だったのだろう。自分が考えついた一世一代のトリックを鷹央が解けなければ、初めて鷹央と対等になり、そして鷹央の隣に並んで人生を歩んでいける。そんなふうに彼女は考えていたような気がする。

燐火の告白が間違っていないことを確認した警察は、昼頃彼女も連行して行った。

そこで僕たちは解放かと思ったが、そうは問屋が卸さなかった。事件の詳細について徹底的に情報を得るため、警察官は何度も何度も繰り返し、重箱の隅をつつくような、詳細な質問を僕たちに浴びせかけ続けた。ようやく夕方になってこうして解放されたが、明日も調書を作るために警察署に向かわなければならない。仕方がないので僕たちは近くに旅館を取り、そこで一泊して明日警察署に行くことにしていた。

「いやー、これから行く旅館、温泉でかなり有名みたいですよ。あと、お部屋にも露天風呂がついているとか。いいですね、楽しみです。ゆっくり体を休めましょうね」

後部座席の鴻ノ池《こうのいけ》が、スマートフォンでいま向かっている旅館の情報を読み上げていく。

「どうせ前みたいに僕は狭い部屋に泊まって、鷹央先生と鴻ノ池だけ露天風呂付きの部屋なんだろう？」

「仕方ないじゃないですか。一人で泊まれる部屋って小さいのしかないんだから。それとも私たちの部屋で一緒に寝ます？　なんか水着とか貸してくれるようですから、みんなで露天風呂入れるようですよ」

「おお、それも悪くないな。風呂で酒を酌み交わしながら親交を深めるというのも乙なものだ」

鷹央が助手席ではしゃぐように言う。

「お酒って、まだ飲むつもりなんですか？」

元恋人が殺人事件の容疑者として逮捕されたことで、少ししんみりとした様子だったが、旅館が決まって、こうして屋敷を出てからはやけにテンションが高い。

もしかしたら、そうやって無理やりにでもはしゃぐことで、かつての恋人を告発した辛《つら》さを忘れようとしているのかもしれない。

僕がそんなことを思っていると、鷹央は「飲むに決まっているだろう」と声を上げ、後ろを振り返る。

「舞《まい》、そこに置いてあるボストンバッグを開けてみろ」

「え、これですか？」

屋敷を出る鷹央が後部座席に大切そうに置いたボストンバッグを鴻ノ池が開けるのを、僕はバックミラー越しに眺めた。

「わー！　すごい！　これなんですか。お酒がいっぱい！」

バッグのジッパーを開けた鴻ノ池が声を上げる。

「もちろん九頭龍零心朗のコレクションだ」

「まさか盗んできたんですか⁉」

僕が声を上げると、鷹央は「人聞きの悪いことを言うんじゃない」と唇を尖《とが》らせた。

「屋敷を出る前、長谷川《はせがわ》に言ったんだよ。約束通り全ての謎を解いてやったんだから、ちゃんと報酬は払えよな、と」

雇い主が死んでその妻が捕まったというのに、鷹央に酒をねだられたのか……。大変だっただろうな。僕が長谷川に同情していると、鷹央は楽しげに言った。

「というわけで温泉につかりながらガンガンとボトルを開けていくぞ。四連休もうすぐ終わりだ。最後ぐらい思いっきり楽しまないとな。私たち統括診断部の慰安旅行みたいなものだから」

「統括診断部の慰安旅行ですか」

僕はハンドルを握りながら思わず口元をほころばせる。

そう言われては飲まないわけにはいかない。明日に残らない程度に付き合わせていただくとするか。

僕は横目で鷹央を見る。九頭龍燐火がいくら望んでも立つことができなかった、天久鷹央という天才の隣。なんの因果か、いまは僕がそこに立ち、そして様々な貴重な経験をさせてもらっている。そのことにいまは感謝しよう。

僕はアクセルを踏み込んでいく。僕たち統括診断部の三人を乗せた愛車は、加速しながら山道を下って行った。

本書は書き下ろしです。

実業之日本社文庫　最新刊

沖田 円
喫茶とまり木で待ち合わせ
生き方に迷ったら、街の片隅の「喫茶とまり木」へ疲れた羽を休めに来て――。不器用な心を救う、ヒューマンドラマの名手・沖田円の渾身作、待望の文庫化!!
お114

倉阪鬼一郎
おもいで料理きく屋　なみだ飯
亡き大切な人との「おもいで料理」が評判の「きく屋」。ある日、職人の治平が料理を注文するため訪れる。その仔細を聞くと……。感涙必至、江戸人情物語！
く415

桜木紫乃
星々たち　新装版
いびつでもかなしくても、生きてゆく――。北の大地を彷徨う塚本千春と、彼女にかかわる人々の闇と光を炙り出す珠玉の九編。（解説／新井見枝香）
さ52

沢里裕二
極道刑事　凌辱の荒野
吉原のソープ嬢が攫われた。彼女は総理大臣の娘だった。一方、人気女性コメンテーターも姿を消した。事件の裏には悪徳政治団体の影が…。極道刑事が挑む！
さ321

斜線堂有紀
廃遊園地の殺人
失われた夢の国へようこそ。巨大すぎるクローズドサークルで起こる、連続殺人の謎を解け！　廃墟×本格ミステリ！　衝撃の全編リライト＆文庫版あとがき収録。
し111